OPER
FRIEDHOF PÈRE LACHAISE
HOTEL VALEUR
Boulevard de Charonne
Boulevard Voltaire
Place de
la Bastille
Rue du Faubourg Saint-Antoine
Place de
la Nation
NOTRE-DAME
UXEMBOURG
Quai de la Rapée
ADELES WOHNUNG
Place
d'Italie
PLASSE 2019

Victoria Schwab

CITY OF GHOSTS

Im Reich der vergessenen Geister

Victoria Schwab

CITY OF GHOSTS

Im Reich der vergessenen Geister

Aus dem Englischen
von Tanja Ohlsen

cbj

Bei diesem Buch wurden die durch das verwendete Material und die Produktion entstandenen CO_2-Emissionen ausgeglichen, indem der cbj Verlag ein Projekt zur Aufforstung in Brasilien unterstützt.
Weitere Informationen zu dem Projekt unter:
www.ClimatePartner.com/14044-1912-1001

MIX
Papier aus verantwortungsvollen Quellen
FSC® C014496
FSC www.fsc.org

Wir produzieren Klimaneutral
ClimatePartner.com/14044-1912-1001
Druckprodukt

Penguin Random House Verlagsgruppe
FSC® N001967

Sollte diese Publikation Links auf Webseiten Dritter enthalten, so übernehmen wir für deren Inhalte keine Haftung, da wir uns diese nicht zu eigen machen, sondern lediglich auf deren Stand zum Zeitpunkt der Erstveröffentlichung verweisen.

1. Auflage 2021
© 2019 by Victoria Schwab
Die Originalausgabe erschien unter dem Titel
»Tunnel of Bones« bei Scholastic Press,
an imprint of Scholastic Inc.
Published in agreement with the author,
c/o BAROR INTERNATIONAL, INC., Armonk, New York, U.S.A.
© 2021 für die deutschsprachige Ausgabe bei
cbj Kinder- und Jugendbuchverlag in der
Penguin Random House Verlagsgruppe GmbH,
Neumarkter Straße 28, 81673 München
Alle deutschsprachigen Rechte vorbehalten
Aus dem Englischen von Tanja Ohlsen
Lektorat: Michelle Landau
Karte von Paris: © 2019 Maxime Plasse
Umschlagillustration und -gestaltung: Melanie Korte
mk · Herstellung: BO
Satz und Druck: GGP Media GmbH, Pößneck
ISBN 978-3-570-17713-6
Printed in Germany

www.cbj-verlag.de

Für meine Familie,
die manchmal weit weg, mir aber immer nah ist.

»Die Vergangenheit ist ein hartnäckiges Gespenst,
das bei jeder Gelegenheit herumgeistert.«
Laura Miller

TEIL EINS

Die Stadt der Lichter

Kapitel 1

Ratternd fährt der Zug unter der Stadt hindurch. An den Fenstern huschen Schatten vorbei, kaum mehr als verwischte Bewegungen, die beinahe mit dem Dunkel dahinter verschmelzen. Ich spüre das Wabern des Schleiers und das Pulsieren der Geister um mich herum.

»Was für ein angenehmer Gedanke«, sagt mein bester Freund Jacob und schiebt die Hände in die Hosentaschen.

»Angsthase«, flüstere ich zurück. Als würde mich die Gegenwart so vieler Geister nicht beeindrucken.

Mein Kater Grim sieht mich aus dem Katzenkorb auf meinem Schoß heraus an und seine grünen Augen drohen mir mit Rache für seine derzeitige Gefangenschaft. Mum und Dad sitzen uns mit ihrem Gepäck gegenüber. Über ihren Köpfen prangt eine Karte der U-Bahn, aber für mich sind das nur ein Haufen verworrener bunter Linien, die eher ein Labyrinth darstellen als eine hilfreiche Karte. Ich war mal mit meinen Eltern in New York City, wo wir jeden Tag U-Bahn gefahren sind. Trotzdem wusste ich nie, wohin wir fuhren.

Und das, obwohl damals alles auf Englisch war.

Jacob sitzt neben mir und lehnt sich an die Wand. Ich sehe wieder aus dem Fenster und betrachte mein Spiegelbild in der Scheibe: strubbeliges braunes Haar, braune Augen, ein rundes Gesicht und eine altmodische Kamera um meinen Hals. Aber der Platz neben mir, auf dem Jacob sitzen sollte, ist leer.

Vielleicht sollte ich das erklären. Jacob ist, wie er es selbst ausdrückt, »körperlich eingeschränkt«. Im Grunde ist er ein Geist. Außer mir kann ihn keiner sehen. (Außer mir und einem Mädchen namens Lara, die wir vor Kurzem kennen gelernt haben. Aber das liegt daran, dass sie genauso ist wie ich – oder ich wie sie – jemand, der die Grenze zwischen Leben und Tod überschritten hat und zurückgekehrt ist.) Wenn diese toter-bester-Freund-Sache komisch klingt, dann liegt das daran, dass es so ist. Aber das ist nicht mal das Merkwürdigste in meinem Leben.

Mein Name ist Cassidy Blake und vor einem Jahr wäre ich beinahe ertrunken. Jacob hat mich gerettet, und seitdem kann ich durch den Schleier gehen, an einen Ort voller Geister und ruheloser Toter. Es ist meine Aufgabe, sie weiterzuschicken.

Jacob verzieht das Gesicht. »*Lara* behauptet, dass das deine Aufgabe ist.«

Ich habe vergessen, zu erwähnen, dass Jacob meine Gedanken lesen kann. So was kann passieren, wenn ein Geist einen Menschen von der Schwelle des Todes zurückholt – da gerät wohl einiges durcheinander. Und als wäre es nicht schon schräg genug, von einem gedankenlesenden toten Jungen heimgesucht zu werden, sitzen wir nur in diesem Zug, weil meine Eltern eine Reality-TV-Sendung über die größten Geisterstädte der Welt drehen.

Siehst du?

Die Tatsache, dass Jacob ein Geist ist, wirkt langsam schon fast normal, oder?

»Paranormal«, bemerkt er mit einem schiefen Grinsen.

Ich verdrehe die Augen, während der Zug langsamer wird und über den Lautsprecher die Station angesagt wird.

»Concorde.«

»Wir sind da«, erklärt Mum und springt auf.

Der Zug hält an, wir steigen aus und kämpfen uns durch die Menschenmenge. Ich bin froh, dass Dad mir Grims Katzenkorb abnimmt – dieser Kater ist schwerer, als er aussieht –, bevor wir unsere Koffer die Treppe hinaufhieven.

Oben auf der Straße bleibe ich stehen, weil mir die Luft wegbleibt. Nicht wegen der Treppe, sondern wegen des Anblicks, der sich mir bietet. Wir stehen auf einem *riesigen* Platz. Kreisrund, umgeben von hellen steinernen Gebäuden, die im Licht des späten Nachmittags leuchten. Überall blinken Goldverzierungen, an den Fußweggeländern, Straßenlaternen, an Springbrunnen und Balkonen. Und dahinter ragt der Eiffelturm wie ein stählerner Speer in den Himmel.

Mum breitet die Arme aus, als könne sie die ganze Stadt umarmen.

»Willkommen in Paris!«

Man sollte meinen, eine Stadt ist eine Stadt ist eine Stadt.

Falsch gedacht. Wir sind aus Edinburgh in Schottland hierhergekommen, aus einem Nest schwerer Steine und enger Straßen, wo man immer das Gefühl hat, im Schatten zu stehen.

Aber Paris?

Paris ist weitläufig, elegant und hell.

Jetzt, wo wir wieder über der Erde sind, hat das Pochen der Geister nachgelassen und der Schleier ist nur noch der Hauch einer Berührung, ein graues Flackern am Rand meines Blickfeldes. Vielleicht ist Paris nicht ganz so sehr von Geistern heimgesucht wie Edinburgh. Vielleicht …

Aber wenn das so wäre, wären wir nicht hier.

Meine Eltern sind nicht auf der Spur von Märchen.

Sie sind Geistergeschichten auf der Spur.

»Hier entlang«, sagt Dad, und wir folgen einer breiten Straße, der Rue de Rivoli, die auf der einen Seite von teuren Geschäften und auf der anderen von Bäumen gesäumt ist.

Menschen in schicken Anzügen und hochhackigen Schuhen hasten an uns vorbei. An einer Wand lehnen zwei Teenager: Der Junge hat die Hände in die Hosen seiner schwarzen Skinny Jeans gesteckt und das Mädchen trägt eine Seidenbluse mit einer Schleife am Hals. Sie sieht aus, als wäre sie einem Modemagazin entsprungen. Wir kommen an einem Mädchen mit glitzernden Ballerinas vorbei und ein Junge in einem gestreiften Polohemd führt einen Pudel spazieren. Hier sind sogar die Hunde perfekt gestylt und frisiert.

Ich sehe an mir selbst hinunter und komme mir in meinem lila T-Shirt, meiner grauen Stretchhose und meinen Turnschuhen plötzlich völlig underdressed vor.

Jacob sieht immer gleich aus: Sein blondes Haar ist immer verstrubbelt, sein Superhelden-T-Shirt immer zerknittert, seine dunklen Jeans an den Knien verschlissen und seine Schuhe so abgenutzt, dass ich nicht mehr erkennen kann, welche Farbe sie mal hatten.

Jacob zuckt mit den Achseln und meint unbekümmert: »Mir reicht das.«

Aber es ist leicht, sich nicht darum zu kümmern, was die anderen von einem halten, wenn sie einen nicht sehen können.

Ich hebe die Kamera und betrachte den Pariser Gehweg durch den gesprungenen Sucher. Die Kamera ist ein altes Analoggerät mit einem Schwarz-Weiß-Film. Sie war schon alt, bevor sie zusammen mit mir in einem eiskalten Fluss gelandet ist, zu Hause, nördlich von New York. Und in Schottland wurde sie dann gegen einen Grabstein geworfen, woraufhin die Linse zersplittert ist. Eine nette Frau in einem Fotogeschäft hat mir eine Ersatzlinse gegeben, aber die hat mitten auf dem Glas eine Schliere wie einen Daumenabdruck – ein weiterer Mangel auf der Liste.

Aber was diese Kamera so besonders macht, ist, wie sie *hinter* dem Schleier funktioniert: Sie fängt einen Teil der anderen Seite ein. Sie sieht dort nicht ganz so gut wie ich, aber auf jeden Fall mehr als sie sollte. Einen Schatten der Schattenwelt.

Ich lasse die Kamera sinken, als das Handy in meiner Tasche piept.

Es ist eine Nachricht von Lara.

Lara Chowdhury habe ich in Edinburgh kennengelernt. Wir sind etwa gleich alt, aber man könnte gut sagen, dass sie mir in der Geisterjäger-Branche um Jahre voraus ist. Sie hat das Glück, dass sie ihre Sommerferien mit dem Geist ihres toten Onkels verbringen kann, der zufällig alles über das Übernatürliche weiß – oder wusste. Er war kein »Zwischenweltler« – wie Lara Leute wie uns nennt –, sondern nur ein Mann mit einer großen Bibliothek und einem morbiden Hobby.

Lara: Steckst du schon in Schwierigkeiten?

Ich: Definiere Schwierigkeiten.

Lara: Cassidy Blake.

Ich kann den genervten Ton in ihrem geschniegelten englischen Akzent förmlich hören.

Ich: Ich bin gerade erst angekommen. Vertrau mir ein bisschen.

Lara: Das ist keine Antwort.

Ich hebe das Telefon, grinse dämlich und mache ein Foto von mir mit erhobenem Daumen auf der belebten Straße. Jacob ist auch im Bildausschnitt, aber auf dem Foto sieht man ihn natürlich nicht.

Ich: Schönen Gruß von Jacob und mir.

»Von dir vielleicht«, grummelt er, als er die Nachricht über meine Schulter liest. »*Ich* habe ihr nichts zu sagen.«

Wie aufs Stichwort kommt Laras Antwort.

Lara: Sag dem Geist, er soll weiterziehen.

»Ah, wir sind da«, verkündet Mum und nickt zu einem Hotel direkt vor uns. Ich stecke das Telefon wieder ein und sehe hoch.

Der Eingang ist reich verziert. Glas mit Facettenschliff, ein Teppich auf dem Gehweg und eine Markise mit dem Namen: Hotel Valeur. Ein Mann im Anzug hält uns die Tür auf, als wir eintreten.

Es gibt Orte, da schreien einen die Geister geradezu an … aber dieser hier gehört nicht dazu.

Wir betreten eine große, glänzende Lobby aus Marmor und Gold. Es gibt Säulen, Blumensträuße und einen silbernen Teewagen voller Porzellantassen. Ich komme mir vor wie in einem eleganten Geschäft. Und wir – Eltern, ein Mädchen, ein Kater und ein Geist – scheinen hier alle offensichtlich und vollkommen fehl am Platz zu sein.

»Bienvenue«, sagt die Frau an der Rezeption und lässt ihren Blick skeptisch von uns zu unserem Gepäck und dem schwarzen Kater in seinem Katzenkorb schweifen.

»Hallo!«, erwidert Mum fröhlich und die Frau schaltet auf Englisch um.

»Willkommen im Hotel Valeur. Waren Sie schon einmal hier?«

»Nein«, antwortet Dad. »Wir sind das erste Mal in Paris.«

»Oh!« Die Frau zieht eine dunkle Braue hoch. »Was führt Sie denn in unsere Stadt?«

»Wir sind geschäftlich hier«, erklärt Dad, doch im gleichen Augenblick sagt Mum: »Wir drehen eine Fernsehshow.«

Die Laune der Empfangsdame schlägt um und sie verzieht missbilligend den Mund.

»Ach ja«, sagt sie, »Sie sind bestimmt die … *Geisterjäger.*« Die Art wie sie das sagt, lässt mich rot anlaufen, und mein Magen zieht sich zusammen.

Jacob lässt die Fingerknöchel knacken. »Ich sehe, wir haben hier eine Skeptikerin.«

Noch vor einem Monat hätte er nicht einmal eine Scheibe beschlagen lassen können. Jetzt sieht er sich nach etwas um, das er kaputt machen kann, und entdeckt schließlich den Teewagen. Ich werfe ihm einen warnenden Blick zu und sage lautlos: *Nicht!*

In meinem Kopf hallen Laras Worte wider.

Geister gehören nicht in das Dazwischen und schon gar nicht auf diese Seite.

Je länger er bleibt, desto stärker wird er.

»Wir sind Forscher des Paranormalen«, korrigiert Mum die Dame.

Die rümpft die Nase. »Ich denke nicht, dass Sie hier so etwas finden«, behauptet sie und tippt mit ihren perfekt manikürten Fingernägeln auf der Tastatur herum. »Paris ist eine Stadt der Kunst, der Kultur und der Geschichte.«

»Nun«, beginnt Dad, »ich bin Historiker und …«

Doch Mum legt ihm die Hand auf den Arm, als wolle sie sagen: *Es lohnt sich nicht, darüber zu diskutieren.*

Die Frau gibt uns unsere Schlüssel. In dem Moment

schafft Jacob es, den Teewagen anzuschubsen, sodass eine Tasse über den Rand fällt. Ich kann sie gerade noch auffangen.

»Böser Geist!«, schelte ich.

»Spielverderber«, mault Jacob, als wir meinen Eltern nach oben folgen.

In Schottland haben die Leute über Geister gesprochen, wie von einer schrulligen Tante oder einem seltsamen Kind in der Nachbarschaft. Ungewöhnlich, ja, aber zweifellos vorhanden. In Edinburgh spuken an jeder Ecke Geister herum, von der Burg bis in die dunklen Höhlen. Selbst das Lane's End, das nette kleine Bed&Breakfast, in dem wir gewohnt haben, hatte seinen eigenen Geist.

Aber hier im Hotel Valeur gibt es keine dunklen Ecken und keine ominösen Geräusche.

Nicht mal die Zimmertür quietscht, als wir sie aufmachen.

Wir bewohnen eine Suite mit je einem Schlafzimmer zu jeder Seite eines eleganten Wohnzimmers. Alles ist frisch, sauber und neu.

Entsetzt sieht Jacob mich an. »Das ist ja fast, als wünschst du dir, dass es spukt.«

»Nein«, gebe ich zurück. »Es ist nur … seltsam, dass es nicht spukt.«

Dad muss mich gehört haben, denn er fragt: »Was hält Jacob von unserer neuen Behausung?«

Ich verdrehe die Augen.

Es ist praktisch, einen Geist zum Freund zu haben. Ich kann ihn mit ins Kino schmuggeln, muss meine Süßigkeiten nicht mit ihm teilen und bin nie wirklich einsam. Natürlich muss man einige Grundregeln aufstellen, wenn der beste Freund nicht den Gesetzen der Körperlichkeit unterworfen ist. Kein absichtliches Erschrecken. Kein Durchqueren geschlossener Schlaf- oder Badezimmertüren. Kein plötzliches Verschwinden mitten in einem Streit.

Aber es gibt auch Nachteile. Es ist zum Beispiel immer unangenehm, wenn man bei »Selbstgesprächen« erwischt wird. Aber das Schlimmste ist, dass Dad Jacob für meinen imaginären Freund hält – eine Art präpubertären Bewältigungsmechanismus.

»Jacob befürchtet, dass er hier der einzige Geist ist.«

»Leg mir keine Worte in den Mund!« Jacob sieht mich böse an.

Ich lasse Grim frei, der sich sofort aufs Sofa verzieht und sein Missfallen kundtut. Ich bin mir ziemlich sicher, dass er uns für seine Gefangenschaft verflucht, aber vielleicht hat er auch einfach nur Hunger.

Mum schüttet ihm etwas Trockenfutter in eine Schale, Dad fängt an auszupacken und ich bringe meine Sachen in das kleinere der beiden Schlafzimmer. Als ich wieder herauskomme, hat Mum ein Fenster aufgemacht, lehnt sich über das schmiedeeiserne Geländer und atmet tief durch.

»Was für ein wundervoller Abend«, sagt sie und winkt mich zu sich. Die Sonne ist bereits untergegangen und der Himmel ist von Rosa-, Violett und Orangetönen durchzogen. Paris erstreckt sich in alle Himmelsrichtungen. Die Rue de Rivoli ist immer noch voller Menschen und aus dieser Höhe kann ich hinter den Bäumen eine große Grünanlage erkennen.

»Das«, erklärt Mum, »sind die Tuilerien. Das ist ein *Jardin* – ein Park, könnte man sagen.«

Hinter dem Garten fließt ein breiter Fluss, von dem Mum sagt, dass er Seine heißt, und dahinter erhebt sich eine Wand aus hellen Gebäuden, die alle sehr prunkvoll und sehr hübsch aussehen. Doch je länger ich mir Paris ansehe, desto mehr wundere ich mich.

»He, Mum«, frage ich. »Warum sind wir hier? In dieser Stadt scheint es gar nicht so sehr zu spuken.«

»Lass dich vom ersten Eindruck nicht täuschen, Cass«, meint meine Mutter. »In Paris gibt es Hunderte von Spukgeschichten.« Sie nickt zum Park hinüber. »Zum Beispiel die Tuilerien und die Legende von Jean dem Henker.«

»Frag lieber nicht«, warnt mich Jacob, doch ich habe schon angebissen.

»Wer war das?«

»Nun«, berichtet Mum im Plauderton, »vor etwa fünfhundert Jahren gab es hier eine Königin namens Catherine und die hatte einen Auftragsmörder namens Jean der Henker.«

»Diese Geschichte geht ganz bestimmt gut aus«, wirft Jacob ein.

»Jean war dazu da, Catherines Feinde zu beseitigen. Das Problem war nur, dass er im Laufe der Zeit zu viele ihrer Geheimnisse kannte. Und damit ihre königlichen Geschäfte weiterhin Privatsache blieben, befahl sie schließlich auch seinen Tod. Er wurde genau da drüben in den Tuilerien umgebracht. Aber als sie am nächsten Tag wiederkamen, um seine Leiche zu holen, war sie fort.« Mum spreizt die Finger, als führe sie einen Zaubertrick vor. »Seine Leiche wurde nie gefunden, und seitdem ist Jean immer wieder Königen und Königinnen erschienen, als unheilbringender Schicksalsbote für die Monarchen von Frankreich.«

Damit dreht sie sich wieder ins Zimmer um.

Dad sitzt auf dem Sofa und hat seinen Ordner für die Show auf den Tisch vor sich gelegt. In einem Anflug *beinahe* katzenhaften Verhaltens steht Grim auf, geht zu ihm und reibt seine Schnurrhaare an einer Ecke des Ordners.

Auf dem Ordnerrücken steht: **Inspecters**

Inspecters war der Titel des Buches meiner Eltern, als es das nur in gedruckter Form gab und noch nicht als Fernsehserie. Es ist schon irgendwie ironisch, dass ich damals, als sie beschlossen haben, über paranormale Phänomene zu schreiben, noch keinerlei eigene Erfahrungen damit hatte. Ich war noch nicht mit meinem Fahrrad von einer Brücke gestürzt, noch nicht in einen eisigen Fluss gefallen und noch nicht beinahe ertrunken, kannte Jacob noch nicht, konnte noch nicht hinter den Schleier gehen und wusste noch nicht, dass ich eine Geisterjägerin bin.

Jacob räuspert sich, weil er diesen Ausdruck äußerst unangenehm findet.

Ich werfe ihm einen Blick zu.

Geister…retterin?

Er zieht eine Braue hoch. »Ziemlich hochtrabend.«

Sucherin?

»Ich bin doch keine Schatztruhe.«

Spezialistin?

Er überlegt. »Schon besser. Aber nicht wirklich stilvoll.«

Egal, denke ich demonstrativ. Auf jeden Fall hatten meine Eltern keine Ahnung. Haben sie immer noch nicht, aber ihre Show bedeutet für mich, dass ich an neue Orte komme und neue Menschen kennenlerne – sowohl lebende als auch tote.

Mum schlägt ihren Ordner am zweiten Reiter auf, auf dem steht:

Inspecters
Folge Zwei
Ort: Paris, Frankreich

Und darunter steht der Titel der Folge:

Der Knochentunnel

»Na«, meint Jacob übertrieben begeistert. »Das klingt ja vielversprechend.«

»Dann sehen wir mal, was wir hier haben«, sagt Mum und betrachtet einen Stadtplan. Von der Mitte aus verlaufen spiralförmig Zahlen darüber, von eins bis zwanzig.

»Was bedeutet das?«, will ich wissen.

»Arrondissements«, sagt Dad und erklärt, dass das die schicke französische Umschreibung für »Bezirk« ist.

Ich sitze auf dem Sofa neben Mum, die zum Drehplan vorblättert.

Katakomben
Jardin du Luxembourg
Eiffelturm
Brücke Pont Marie
Kathedrale Notre-Dame

Die Liste geht noch weiter. Es juckt mich in den Fingern, ihr den Ordner wegzunehmen und zu lesen, was meine Eltern über diese Orte zusammengetragen haben. Aber ich will ihnen lieber zuhören, wenn wir vor Ort sind und sie die Geschichten erzählen. Ich will sie so erleben wie die Zuschauer der Fernsehsendung.

»Oh ja«, bemerkt Jacob sarkastisch. »Wer will schon vorbereitet sein, wenn man sich auch einfach so ins Unbekannte stürzen kann?«

Lass mich raten, denke ich, *du hast zu denen gehört, die das Ende eines Buches immer zuerst gelesen haben.*

»Nein«, knurrt Jacob und fährt dann fort: »Ich meine, nur wenn es gruselig war. Oder traurig. Oder wenn ich Angst hatte, um – ist doch auch egal, oder?«

Ich muss ein Lächeln unterdrücken.

»Cassidy«, sagt Mum, »dein Vater und ich haben uns unterhalten …«

Oh nein! Als Mum das letzte Mal ihre »Familienbesprechungsstimme« ausgepackt hat, musste ich zu meinem Entsetzen feststellen, dass meine Pläne für den Sommer von einer Fernsehshow über den Haufen geworfen worden waren.

»Wir möchten, dass du dich mehr am Projekt beteiligst«, erklärt Dad.

»Beteiligen?«, frage ich. »Inwiefern?« Vor Beginn unserer Reise hatten wir uns bereits darüber unterhalten, dass ich lieber nicht vor die Kamera treten soll. Ich fühle mich wohler, wenn ich dahinter stehe und …

»Fotos«, sagt Mum. »Für die Show.«

»Ich denke da an einen Blick hinter die Kulissen«, schlägt Dad vor. »Bonusinhalt sozusagen. Der Sender hätte gern etwas zusätzliches Material, und wir dachten, du würdest vielleicht gern ein wenig helfen, auf praktische Art.«

»Und damit du nicht wieder Unsinn machst«, ergänzt Jacob, der sich auf die Rückenlehne des Sofas gesetzt hat.

Vielleicht hat er ja recht. Vielleicht soll mich das nur daran hindern, davonzulaufen und mir von mächtigen Geistern meinen Lebensfaden stehlen zu lassen. Und davon, wieder wegen Ordnungswidrigkeiten und Grabschändung verhaftet zu werden.

Trotzdem fühle ich mich geschmeichelt.

»Mache ich gern«, verspreche ich und drücke die Kamera an meine Brust.

»Super«, antwortet Dad, steht auf und reckt sich. »Wir fangen erst morgen an zu drehen. Wie wäre es, wenn wir ein wenig an die frische Luft gehen? Vielleicht ein Spaziergang in den Tuilerien?«

»Perfekt«, meint Mum fröhlich. »Vielleicht erhaschen wir ja einen Blick auf den guten, alten Jean.«

Kapitel 2

Die Tuilerien als »Garten« zu bezeichnen, ist, wie Hogwarts eine »Schule« zu nennen.

Im Prinzip ist es richtig, aber der Ausdruck wird beidem nicht gerecht.

Die Dämmerung weicht schon der Nacht, als wir den Park betreten. Der Sandweg ist so breit wie eine Straße, flankiert von Bäumen, die sich über unseren Köpfen hochwölben und uns die Sicht auf den Sonnenuntergang nehmen. Weitere Wege gehen hier und da ab, ziehen sich zwischen großen, teilweise mit Rosen bepflanzten Rasenflächen entlang.

Ich habe das Gefühl, die Welt von *Alice im Wunderland* betreten zu haben.

Das Buch fand ich immer ein wenig gruselig und mit diesem Park geht es mir ähnlich. Vielleicht liegt es daran, dass nachts alles gespenstischer aussieht als am Tag. Deshalb haben die Menschen ja auch Angst im Dunkeln. Was man nicht sieht, ist viel furchterregender als das, was man sehen kann. Das Auge führt einen in die Irre und lässt einen finstere Gestalten in dunklen Ecken sehen. Aber die Nacht ist nicht das Einzige, was den Garten unheimlich macht.

Mit jedem Schritt wird der Schleier ein wenig schwerer und das Gemurmel der Geister etwas lauter.

Vielleicht spukt es in Paris doch mehr, als ich dachte.

Mum hakt sich bei Dad unter.

»Was für ein großartiger Ort«, stellt sie fest und legt den Kopf an seine Schulter.

»Die Tuilerien haben eine aufregende Geschichte«, erzählt Dad mit seiner Lehrerstimme. »Sie wurden im 16. Jahrhundert als königlicher Palastgarten angelegt.«

Am Ende der Tuilerien, hinter einem Rosenfeld, das selbst die Herz-Königin neidisch gemacht hätte, steht das größte Gebäude, das ich je gesehen habe. Es ist so breit wie der ganze Park und u-förmig angelegt, sodass die beiden Flügel das Ende des Gartens in eine steinerne Umarmung nehmen.

»Was ist denn das?«, frage ich.

»Das wäre dann wohl der Palast«, erklärt Dad. »Oder zumindest die aktuelle Version davon. Das Original ist 1871 abgebrannt.«

Beim Näherkommen sehe ich im Hof des Palastes etwas aufragen – eine leuchtende Glaspyramide. Dad sagt, dass sich im Palast heute das Museum Louvre befindet.

Stirnrunzelnd betrachte ich die Pyramide. »Das sieht mir nicht groß genug aus für ein Museum.«

»Das liegt daran, dass das Museum darunter liegt«, sagt Dad lachend. »Und darum herum. Die Pyramide ist nur der Eingang.«

Mum nickt. »Eine Erinnerung daran, dass es immer mehr gibt, als das Auge auf den ersten Blick …«

Plötzliche Schreie schneiden ihr das Wort ab.

Jacob und ich zucken zusammen. Die Schreie sind so hoch und dünn, dass ich zuerst glaube, sie kämen durch den Schleier, doch dann erkenne ich, dass es eigentlich Freudenschreie sind. Denn hinter der nächsten Baumreihe stoßen wir auf einen Jahrmarkt, komplett mit Riesenrad, kleiner Achterbahn, Spielen und Imbissbuden.

Bei dem Anblick schlägt mein Herz höher, und ich steuere schon auf die bunten Karussells zu, als mir ein leiser Windhauch den Geruch von Zucker und Teig zuträgt. Abrupt bleibe ich stehen, drehe mich nach der Quelle des himmlischen Duftes um und entdecke einen Stand mit der Aufschrift *Crêpes*.

»Was ist ein Krepe?«, frage ich.

»Das spricht man ›Krepp‹ aus«, amüsiert sich Dad. »Das ist eine Art dünner Pfannkuchen mit Butter und Zucker, oder Schokolade oder Obst, der dann zusammengefaltet wird.«

»Klingt gut«, finde ich.

»Klingt *hervorragend*«, findet Jacob.

Mum zückt ein paar silberne und goldene Münzen. »Wenn man in Frankreich ist, muss man die einfach probieren«, meint sie, als wir uns in die Schlange stellen. Am Tresen kann ich zusehen, wie ein Mann den Teig hauchdünn auf die Backplatten streicht.

Er stellt mir eine Frage auf Französisch und sieht mich abwartend an.

»Chocolat«, antwortet Dad. Um das zu verstehen, muss ich nicht mal Französisch können.

Der Mann dreht den Crêpe um und verteilt einen Löffel Schokoladencreme darauf, bevor er ihn erst einmal und dann noch einmal in der Mitte zusammenfaltet und dann in eine Papiertüte steckt.

Dad bezahlt und Mum nimmt den Crêpe entgegen. Wir setzen uns an einen der weißen Tische am Wegrand, die von den Lichtern des Jahrmarkts beleuchtet werden.

»Hier, meine Tochter«, sagt Mum und hält mir den Crêpe hin. »Etwas für deine Bildung.«

Ich nehme einen Bissen und der Geschmack des heißen, süßen Pfannkuchens und der weichen Schokolade erfüllt meinen Mund. Es ist simpel und doch köstlich. Während wir uns den Crêpe teilen – von dem Dad viel zu große Bissen nimmt –, Mum sich einen Schokoladenfleck von der Nase wischt und Jacob mit seinen großen blauen Augen das Riesenrad beobachtet, vergesse ich fast, weshalb wir hier sind. Ich mache ein Foto von meinen Eltern vor dem Jahrmarkt und stelle mir vor, wir wären nur eine normale Familie im Urlaub.

Doch dann spüre ich das Tippen auf meiner Schulter, den Druck des Schleiers an meinem Rücken. Meine Aufmerksamkeit richtet sich auf den dunklen Teil des Parks. Er ruft nach mir. Früher dachte ich, dass es die Neugier ist, die mich ins Zwischendrin zieht. Doch jetzt weiß ich, dass es etwas Anderes ist.

Bestimmung.

Jacob wirft mir einen Blick zu. »Nein«, sagt er, doch ich bin schon aufgestanden.

»Alles in Ordnung?«, fragt Mum.

»Ja«, antworte ich. »Ich muss nur aufs Klo.«

»Nein, musst du nicht!«, flüstert Jacob.

»Da hinter den Ständen habe ich eines gesehen«, sagt Mum und zeigt mit dem Finger darauf.

»Cassidy!«, jault Jacob.

»Bin gleich zurück!«, sage ich zu meinen Eltern.

Ich bin schon unterwegs, als Dad mir nachruft, ich solle nicht zu weit weggehen.

»Mach ich nicht!«, rufe ich zurück.

Dad sieht mich streng an. Nach der Geschichte mit dem Von-einem-Geist-hinter-dem-Schleier-Gefangenwerden-und-in-einem-offenen-Grab-um-meinen-Lebensfaden-Kämpfen (oder wie meine Eltern es nennen: nachdem ich unerlaubt abgehauen bin und mehrere Stunden später aufgegriffen wurde, weil ich in einen Friedhof eingebrochen war) muss ich mich immer noch anstrengen, ihr Vertrauen wiederzugewinnen.

Ich schlüpfe an den Ständen vorbei und schwenke nach rechts vom Hauptweg ab.

»Wo gehen wir denn hin?«, erkundigt sich Jacob.

»Nachsehen, ob Jean der Henker noch hier ist.«

»Du machst wohl Witze!«

Mache ich nicht. Ich taste nach dem Spiegelanhänger in meiner hinteren Hosentasche. Er war ein Abschiedsgeschenk von Lara.

Sie wäre wütend, wenn sie wüsste, dass ich ihn in der Tasche habe und nicht um den Hals trage. Sie sagt, dass Leute wie wir nicht nur Jäger sind, wir sind Leuchtfeuer, die Geister und Gespenster anlocken. Aber Spiegel wirken bei allen Arten von Spukerscheinungen, einschließlich Jacob. Deshalb trage ich den Anhänger nicht um den Hals. Lara würde wahrscheinlich sagen, genau deshalb sollte ich es tun.

Ich muss wohl nicht extra erwähnen, dass sie nicht viel von Jacob hält.

»Lara hält von nichts viel«, stichelt Jacob.

Die beiden kommen nicht gut miteinander aus. So was nennt man wohl Meinungsverschiedenheiten.

»Ihre Meinung ist, dass ich nicht hierhergehöre!«, fährt Jacob auf.

»Na, im Prinzip tust du das ja auch nicht«, flüstere ich und wickle mir die Kette mit dem Spiegel um das Handgelenk. »Und jetzt lass uns Jean suchen.«

Jacob verzieht das Gesicht und sein Missfallen lässt die Luft um ihn herum ganz leicht flimmern. »Und dabei war es so ein schöner Abend.«

»Na, komm schon«, sage ich und fasse das Medaillon fester. »Bist du gar nicht neugierig?«

»Ehrlich gesagt, nein«, antwortet er und verschränkt die Arme vor der Brust, als ich nach dem Schleier greife. »Wirklich nicht. Ich habe absolut kein Bedürfnis, herauszufinden, ob …«

Den Rest höre ich nicht mehr. Ich ziehe den Schleier beiseite und trete hindurch, woraufhin die Welt um mich herum …

… verschwindet.

Die Jahrmarktlichter, die Menschen, die Geräusche und Gerüche der Sommernacht sind weg. Einen Augenblick lang habe ich das Gefühl zu fallen. Ich stürze in eiskaltes Wasser, spüre den Kälteschock in meiner Lunge. Dann habe ich wieder festen Boden unter den Füßen.

Daran habe ich mich bis jetzt noch nicht gewöhnt.

Werde ich wohl auch nie.

Ich richte mich auf und stoße bebend die Luft aus, während die Welt um mich herum wieder Gestalt annimmt. Anders. Blasser.

Ich bin hinter dem Schleier.

Im Zwischendrin.

Es ist dunkel und ruhig und stockfinstere Nacht. Kein Jahrmarkt, keine Menschen, und wegen der Dunkelheit und den Nebelstreifen, die über die Rasenflächen ziehen, kann ich kaum etwas sehen.

Eine Sekunde später taucht ein offensichtlich schmollender Jacob neben mir auf.

»Du hättest ja nicht mitkommen müssen«, sage ich.

Er scharrt mit dem Fuß im Gras. »Ja, ja.«

Ich lächle. Freundschaftsregel Nummer 21: Freunde lassen einander hinter dem Schleier nicht allein.

Hier sieht Jacob anders aus, voller und farbiger. Ich kann nicht länger durch ihn hindurchsehen. Ich hingegen bin weniger massiv als vorher, eher verwaschen und grau, abgesehen von einem leuchtenden Faden in meiner Brust.

Doch es ist kein Faden, es ist ein Leben.

Mein Leben.

Es leuchtet schwach bläulich-weiß, und wenn ich in meine Brust greifen und ihn wie bei einer gruseligen Demonstration herausziehen würde, könnte man sehen, dass er nicht mehr ganz perfekt ist. An der Stelle, wo er auseinandergerissen wurde, ist jetzt eine Linie, ein dünner Spalt. Ich habe die Teile wieder aneinandergefügt und er scheint gut zu funktionieren, aber ich habe keine Lust, herauszufinden, wie oft ein Lebensfaden reißen kann, bevor er endgültig den Geist aufgibt.

»Na also«, meint Jacob und sieht sich um, »scheint keiner da zu sein. Wir können also wieder gehen.«

Ich bin genauso nervös wie er, aber ich bleibe standhaft. Irgendjemand ist hier. Es muss jemand hier sein.

So ist das mit dem Schleier: Er existiert nur da, wo es Geister gibt. Es ist wie eine Bühne, auf der Geister immer wieder ihre letzten Stunden durchleben. Was auch immer ihnen passiert ist, lässt sie nicht weiterziehen.

Meine Hand greift nach der Kamera um meinen Hals, und der Spiegelanhänger an meinem Handgelenk klimpert leise, als er an das Metall stößt. Das Geräusch hört sich im Dunkeln merkwürdig hallend an.

Als sich meine Augen an die Dunkelheit gewöhnt haben, stelle ich fest, dass die Gebäude um den Park verschwunden sind. Entweder liegt das an der Zeit – vielleicht sind sie noch nicht gebaut worden – oder an den Grenzen dieses besonderen Zwischendrins.

Die Frage ist nur, wessen Leben – oder Tod – haben wir hier betreten?

Der nächtliche Himmel wird heller und bekommt einen schwachen orangefarbenen Schein.

»Äh, Cass«, sagt Jacob plötzlich und sieht über meine Schulter.

Ich drehe mich um und reiße überrascht die Augen auf.

Jean der Henker ist nicht da, wohl aber der Palast.

Und der brennt.

Kapitel 3

Der Nebel im Park ist überhaupt kein Nebel, sondern Rauch.

Der Wind frischt auf und das Feuer breitet sich aus. Ruß liegt in der Luft. Ich höre Schreie und das Geräusch von Kutschen, die über Pflastersteine rattern. Durch die Rauchschwaden sehe ich eine Gruppe von Leuten auf dem Rasen, die ihre Gesichter dem Feuer zugewandt haben.

Ich trete näher und hebe den Sucher ans Auge, um ein Foto zu machen.

»Cass«, warnt mich Jacob, doch er klingt weit entfernt, und als ich mich nach ihm umdrehe, kann ich nur Rauch sehen.

»Jacob?«, rufe ich und muss husten, weil mich der Rauch in der Kehle kratzt und in meine Lunge kriecht. »Wo bist …?«

Plötzlich kracht eine Gestalt gegen mich. Ich taumle ins Gras zurück, und der Mann lässt den Eimer fallen, den er trägt. Als er auf dem Boden aufschlägt, spritzt eine schwarze, eklige Flüssigkeit heraus. Ich weiß sofort, dass das hier *sein* Ort hinter dem Schleier ist. Die anderen Geister sind nur Staffage, Marionetten. Aber die Augen dieses Mannes sprechen eine deutliche Sprache, als er mich ansieht.

Ich rapple mich auf und halte den Spiegelanhänger hoch, damit ich ihn …

Doch da ist keine Kette mehr an meinem Handgelenk und es baumelt kein Spiegel in der Luft.

Ich sehe nach unten auf den Boden, wo ich hingefallen bin, und entdecke die Kette im Gras. Sie muss mir aus der Hand gerutscht sein. Doch bevor ich danach greifen kann, packt mich der Geist am Kragen und schubst mich gegen einen Baum. Ich versuche, mich ihm zu entwinden, doch obwohl er ein Geist ist und ich nicht, gleicht der Schleier das Kräfteverhältnis aus.

»Jacob!«, schreie ich. Der Mann hält mich fester und brüllt mich auf Französisch an. Ich verstehe kein Wort, aber was auch immer er sagt, ist eindeutig nicht nett. Dann bricht er plötzlich ab und sein Blick fällt auf die Kamera vor meiner Brust.

Nein, nicht auf die Kamera, stelle ich entsetzt fest. Auf den Faden. Auf das blau-weiße Leuchten meines Lebens. Er packt danach und ich winde mich, um seinen Fingern zu entgehen.

»Hey!«, ertönt eine vertraute Stimme. Der Geist

sieht sich um und Jacob knallt ihm den halb leeren Eimer an den Kopf.

Der Mann taumelt und schwarzer Teer läuft ihm über das Gesicht. Keuchend falle ich zu Boden. Sobald ich frei bin, stürze ich mich auf die Kette, während der halb blinde Geist schon wieder einen Schritt auf mich zu macht. Als ich die Kette in den Fingern habe, stehe ich auf und halte den Anhänger wie einen Schild vor mich.

Der Geist bleibt stehen und richtet seine Aufmerksamkeit auf die kleine, runde Oberfläche des Spiegels.

Ein Spiegel zeigt die Wahrheit, hat Lara erklärt. Er zeigt den Geistern, was sie wirklich sind.

Der Spiegel hält den Geist gefangen, doch die Worte, der Zauber, die Beschwörung, schicken ihn weiter. Bis vor einer Woche wusste ich noch nicht einmal etwas davon und hatte keine Ahnung von der Macht von Spiegeln oder Lebensfäden. Aber als ich jetzt hier vor dem Geist stehe, fällt mir plötzlich nichts mehr ein.

Ich kann mich nicht an die Worte erinnern.

Panisch versuche ich, sie irgendwo zu finden, doch da ist nichts.

Da kommt Jacob und flüstert mir ins Ohr: »Sieh und höre.«

Plötzlich kann ich mich wieder erinnern.

Ich schlucke, um meine Stimme zu festigen.

»Sieh und höre«, befehle ich dem Geist. »Schau hin und erkenne. Das ist, was du bist.«

Der ganze Schleier um mich herum wabert, und der Geist wird immer blasser, bis ich durch ihn hindurchsehen und den dunklen Lebensfaden in seiner Brust erkennen kann. Er ist leblos und leuchtet nicht.

Ich greife in seine Brust und ziehe an dem Faden, der letzten Verbindung, die ihn in dieser Welt hält. Er fühlt sich in meinen Fingern kalt und spröde an, wie totes Laub im Herbst. Als ich ihn herausziehe, zerbröselt er in meiner Hand und weht in einer kleinen Staubwolke davon.

Und dann verschwindet auch der Geist.

Er löst sich in Asche und Luft auf. Er ist einfach weg.

Jacob schaudert ein wenig, aber für mich ist es, als würde ich nach langer Zeit wieder Luft bekommen. In diesen Sekunden, gleich nachdem der Geist weitergezogen ist, fühlt es sich … *richtig* an.

Was du spürst, nennt man Bestimmung, hat Lara gesagt.

Der Palast brennt weiter und ich schwanke. Mir ist schwindlig, weil sich die Auswirkungen des Schleiers bemerkbar machen.

Es ist eine Warnung, dass ich schon zu lange hier bin.

»Komm.« Jacob nimmt meine Hand und zieht mich durch den Schleier zurück. Ich schaudere, als der Vorhang meine Haut streift. Für einen Augenblick überflutet wieder die Kälte meine Lunge und das Wasser zieht mich hinunter, dann sind wir zurück in der Wirklichkeit.

Im Park ist es laut und hell durch die Lichter des Jahrmarkts und die Touristen an diesem warmen Abend. Jacob ist wieder verblasst und leicht durchsichtig, während ich solide bin und mein leuchtender Lebensfaden sicher unter Fleisch und Knochen verborgen liegt.

»Danke«, sage ich und schüttle mich kurz.

»Wir sind doch ein Team«, erwidert Jacob und hält die Hand hoch. »Geister-Five!«

Er macht ein klatschendes Geräusch, als ich meine Handfläche an seine schlage. Aber ich könnte schwören, dass ich dieses Mal einen leichten Druck spüre, wie von Dampf, bevor meine Hand durch seine hindurchgleitet. Ich sehe Jacob an, um zu fragen, wie er das empfindet, doch er hat sich schon abgewandt.

»Da bist du ja!«, begrüßt mich Mum und hält mir das letzte Stück Crêpe entgegen, als ich zum Tisch zurückkomme. »Das hier habe ich vor deinem Vater gerettet. Hätte mich fast einen Finger gekostet.«

»Tut mir leid«, sage ich. »Die Schlange war so lang.«

(Ich lüge meine Eltern nicht gern an. Nach dem Vorfall auf dem Friedhof habe ich versucht, ihnen die Wahrheit zu sagen, aber sie haben mir nicht geglaubt. Das macht diese Lüge vielleicht ein klein wenig erträglicher.)

»Ja«, sagt Jacob, »rede dir das nur ein.«

Dad steht auf und klopft sich die Krümel von den Händen. »Nun, meine liebe Familie«, sagt er und legt mir einen Arm um die Schultern. »Wir sollten besser mal zurückgehen.«

Es ist mittlerweile ganz dunkel geworden und der Schleier liegt immer noch schwer auf mir und ruft mich zurück. Doch auf unserem Rückweg durch die Tuilerien achte ich darauf, mich an den Weg zu halten und im Licht zu bleiben.

Kapitel 4

Am nächsten Morgen erwartet uns unsere Stadtführerin bereits im *Salon* (dem Speiseraum) des Hotels.

Sie ist groß und schlank, trägt eine grüne Bluse und einen cremefarbenen Rock. Die hohen Wangenknochen betonen ihr herzförmiges Gesicht und ihr dunkles Haar ist zu einem komplizierten Knoten aufgesteckt. Sie ist jünger, als ich erwartet habe, etwa Anfang Zwanzig.

»Sie müssen Madame Deschamp sein«, sagt Mum und streckt ihr die Hand hin.

»Bitte nennen Sie mich Pauline«, erwidert die Frau mit seidenweicher Stimme.

Ihr französischer Akzent lässt alles wie Musik klingen. Das ist komisch, denn genau dasselbe habe ich auch über den schottischen Akzent gedacht, als ich ihn in Edinburgh das erste Mal gehört habe. Doch jetzt stelle ich fest, dass das wie bei unterschiedlicher

Musik ist; die Akzente sind so verschieden wie Balladen und Schlaflieder.

Dad sagt etwas auf Französisch und Mum lacht. Plötzlich fühle ich mich außen vor, als hätten sie einen Witz gemacht, den ich nicht verstehe.

»Ihr Französisch ist gut«, sagt Pauline und Dad wird rot.

»Ich habe es in der Schule gelernt, aber es ist ein wenig eingerostet«, erklärt er.

»Pauline, das ist unsere Tochter Cassidy«, stellt mich Mum vor.

Jacob schiebt die Hände in die Taschen und murmelt: »Mach dir nicht die Mühe, mich vorzustellen.«

»Enchantée«, sagt Pauline zu mir und sieht mich forschend an. *»Parlez-vous français?«*

Jetzt werde ich rot. »Nein, leider nicht. Nur Englisch.«

Letztes Jahr habe ich an der Schule Italienisch gelernt, aber darin war ich echt total schlecht. Ich glaube auch nicht, dass es mir hier weiterhelfen würde, wenn ich fragen könnte, wo die Bibliothek ist. Und das Einzige, was ich an Französisch aufgeschnappt habe, ist *s'il vous plaît,* das heißt *bitte*, und *merci*, was *danke* heißt.

Ein Kellner schwebt vorbei und Pauline wechselt ein paar Worte in schnellem Französisch mit ihm, bevor sie uns bittet, uns zu setzen.

»Wir sind sehr froh, dass Sie uns begleiten werden«, sagt Dad.

»Ja«, antwortet Pauline langsam, »das wird sicher … interessant.«

Sie streicht sich über die Bluse, als wolle sie ein paar Krümel wegwischen.

»Sagen Sie, Pauline«, wirft Mum ein, »glauben Sie an Geister?«

Paulines Gesichtsausdruck erstarrt.

»Nein«, erwidert sie so schnell und hart, als wolle sie eine Tür vor etwas zuschlagen, das sie nicht sehen will. »Tut mir leid, das war unhöflich. Ich werde es Ihnen erklären: Ich bin im Auftrag des französischen Kulturministeriums hier. Meistens bin ich mit Würdenträgern und Dokumentarfilmern unterwegs. Für mich ist das hier kein normaler Auftrag, aber ich bin Pariserin. Ich wohne schon mein ganzes Leben lang hier und werde sie hinbringen, wo immer Sie wollen. Ich werde Ihnen helfen, wo ich kann. Aber ich kann nicht sagen, dass ich an Geister glaube.«

»Schon gut«, beruhigt Dad sie. »Ich bin auch nur für die Geschichte zuständig. Meine Frau ist die Gläubige.«

Pauline sieht mich an und fragt: »Und du, Cassidy? Glaubst du an Geister?«

Jacob zieht eine Braue hoch. »Genau, sag doch mal: Wie stehst du denn so zu Geistern?«

Lächelnd nicke ich Pauline zu. »Es ist schwer, an Geister zu glauben, bevor man einen gesehen hat. Danach ist es schwer, nicht daran zu glauben.«

Zwischen Paulines perfekten Brauen erscheint eine kleine Falte. »Schon möglich.«

Der Kellner kommt mit den drei kleinsten Tassen zurück, die ich je gesehen habe (echt, die sehen aus wie aus dem Spielzeugservice, das ich mit fünf Jahren hatte). Schwarzer Kaffee schwappt darin.

»Und das ist für Mademoiselle«, sagt er und reicht mir einen Becher heiße Schokolade, bestäubt mit Kakaopulver.

Außerdem stellt er ein Körbchen mit Gebäck auf dem Tisch ab. Ich erkenne die halbmondförmigen Croissants, aber die Spirale und das Rechteck sind mir ein Rätsel. Ich greife nach dem Rechteck und stelle beim Hineinbeißen fest, dass es mit Schokolade gefüllt ist.

Paris ist in meinem Ansehen gerade um ein paar weitere Punkte gestiegen.

»Pain au Chocolat«, erklärt Mum, als ich den zweiten Bissen nehme. Ich spüre schon, wie sich durch den dicken, süßen Kakao und den Kuchen meine Pupillen weiten. Zu Hause darf ich nicht mal gesüßtes Müsli essen.

»Ich vermisse Zucker«, sagt Jacob seufzend.

Mehr für mich. Beim nächsten Bissen rieseln fettige Krümel auf den Tisch.

Paulines Blick fällt auf den Eingang zum Speisesaal und ihr Gesicht erhellt sich. »Ah!«, ruft sie und steht auf. »Da ist unser Team. Anton! Annette!«

Die beiden sind offensichtlich Geschwister und haben das gleiche braune Haar, ein spitzes Kinn und graublaue Augen. Ansonsten sehen sie aus wie Schatten zu verschiedenen Tageszeiten. Anton ist groß und rappeldürr, während Annette klein und rundlich ist.

Pauline küsst sie beide je rechts und links auf die Wangen und wendet sich dann an meine Eltern.

»Wenn Sie so weit sind, können wir gehen. Wir fangen mit den Katakomben an.«

»Oh ja«, sagt Mum und wischt sich etwas Zucker vom Schoß. »Die Pariser Geister erwarten uns!«

»Was ist eine Katakombe?«, frage ich, als wir hinausgehen.

»Das ist eine Art Friedhof«, erklärt Dad.

»Wie Greyfriars?«, forsche ich nach, weil ich an den hügeligen Friedhof mitten in Edinburgh denken muss.

»Nicht ganz. Es ist …«

»Verdirb ihr doch nicht die Überraschung«, fällt Mum ein, was mich ziemlich nervös macht. Mums Vorstellung von einer Überraschung ist selten von der *Happy-Birthday*-Sorte, sondern eher von der *Sieh-dir-mal-das-gruselige-Ding-an,-das-ich-im-Hof-gefunden-habe*-Sorte. »Warte es ab, Cassidy«, sagt sie. »Die Katakomben von Paris sind einer der berühmtesten Orte der Welt.«

»Zumindest hat sie nichts von Geistern gesagt«,

meint Jacob, bevor Mum hinzufügt: »Und definitiv der mit den meisten Geistern.«

»War ja klar«, murmelt Jacob seufzend.

Wir nehmen die Metro und steigen an einer Station namens Denfert-Rochereau aus.

An einer Gebäudemauer hängt eine Tafel, auf der »14e« steht, das ist die Nummer des Bezirks, in dem wir uns befinden. Beim Weitergehen halte ich nach einem Friedhof Ausschau, aber ich kann nur ganz normale Häuser erkennen. Doch ich weiß, dass wir näher kommen, denn das Tipp-tipp-tipp der Geister auf meiner Schulter wird mit jedem Schritt lauter.

Der Schleier wallt um mich herum, und das Klopfen verlagert sich von meiner Brust zu meinen Füßen wie ein heftiger Bass, der durch die Straße wummert. Heimgesuchte Orte rufen mich nicht nur. Sie ziehen mich an wie einen Fisch am Haken. Einen Haken gibt es nicht wirklich, eine Schnur jedoch sehr wohl, hauchdünn, aber so stark wie Draht, die mich mit der anderen Seite verbindet.

Vor einer kleinen grünen Hütte bleiben meine Eltern, Pauline und die Crew abrupt stehen. Sie ist schlicht und unauffällig und sieht eher nach Zeitungskiosk als nach einem Ort der Toten aus. Meiner Meinung nach können darin nicht mehr als ein oder zwei Särge liegen. Zuerst glaube ich, dass wir am falschen Ort sind, aber dann sehe ich die Bronzetafel, die ans Holz genagelt ist.

ENTRÉE DES CATACOMBES

»Aha«, sage ich. »Ich hatte mir die Katakomben … größer vorgestellt.«

»Oh, das sind sie auch«, erklärt Dad und zückt einen seiner Taschenbuchführer. Er zeigt mir eine Karte von Paris und blättert dann eine Seite zurück. Eine durchsichtige Folie legt sich über die Karte und überlagert sie mit einem Netz aus roten Linien.

Langsam erkenne ich, was ich da sehe. Und ich erkenne auch, warum sich der Weg hierher so merkwürdig angefühlt hat.

Die Katakomben befinden sich nicht in der kleinen grünen Hütte.

Sie befinden sich unter unseren Füßen. Und der Karte in Dads Hand nach zu urteilen, befinden sie sich unter einer ganzen Menge von Füßen. Die Katakomben sind ein Gewirr aus Tunneln, die sich unter der ganzen Stadt entlang schlängeln.

An der Tür sehen wir ein Schild, das besagt, dass die Katakomben heute geschlossen sind.

»Wie dumm«, meint Jacob. »Dann müssen wir wohl ein anderes Mal wieder …« Er bricht ab, als ein Mann in Uniform erscheint, uns die Tür der kleinen grünen Hütte aufschließt und uns hereinbittet.

Drinnen sind zwei Drehkreuze wie vor einer Achterbahn.

Dahinter führt eine Wendeltreppe in die Tiefe, die nur breit genug für eine Person ist. Sie verschwindet unten im Dunkeln. Aus den Tunneln steigt kühle, abgestandene Luft herauf, zusammen mit einer Welle von Zorn, Furcht und Verlust.

»Nein«, sagt Jacob kopfschüttelnd.

Das ist ein schlechter Ort, das spüren wir beide.

Ich zögere, als der Schleier seinen Griff verstärkt und mich nach unten ruft. Eine innere Stimme warnt mich, oben zu bleiben, oder noch besser, so schnell wie möglich wegzulaufen.

Mum sieht sich nach mir um und fragt: »Cass? Alles okay?«

»Sag einfach, du hättest zu viel Angst«, verlangt Jacob.

Aber das habe ich nicht, denke ich. Ich habe zwar Angst, aber es gibt einen Unterschied zwischen *Angst haben*, etwas zu tun, und *zu viel Angst zu haben*, es zu tun. *Außerdem*, denke ich und halte meine Kamera fester, *habe ich einen Job*. Und damit meine ich nicht mal die Geisterjagd. Meine Eltern haben mich um Hilfe gebeten und ich will sie nicht enttäuschen.

Also zwinge ich mich dazu, den ersten Schritt zu machen.

»Das hier ist absolut grauenhaft«, murrt Jacob, als wir immer tiefer und tiefer in die Tunnel unter Paris hinabsteigen.

Kapitel 5

Früher hatte ich immer wieder einen Albtraum.

Ich war in einem Raum tief unter der Erde gefangen. Er war aus Glas, sodass ich überall um mich herum die Erde sehen konnte, die gegen die Scheiben drückte.

Es war immer derselbe Traum. Zuerst war mir langweilig, dann wurde ich nervös und zum Schluss hatte ich Angst. Manchmal schlug ich gegen die Scheiben, manchmal saß ich nur ganz still da, aber egal, was ich tat, irgendwann bekam das Glas einen Riss.

Der Riss wurde größer und größer, zog sich über die Wände und die Decke, bis Erdkrümel hindurchfielen und erst kurz bevor die Decke einstürzte, wachte ich auf.

Ich habe schon seit Jahren nicht mehr an diesen Raum unter der Erde gedacht.

Jetzt muss ich daran denken.

Die Wendeltreppe ist so eng, dass wir immer nur

einen Stufenkreis vor uns sehen können, und führt scheinbar endlos in die Tiefe.

»Wie tief unten sind denn die Katakomben?«, frage ich und bemühe mich, mir meine Angst nicht anmerken zu lassen.

»Ungefähr fünf Stockwerke«, antwortet Dad. Ich versuche, nicht daran zu denken, dass das Hotel Valeur nur vier Stockwerke hat.

»Die Katakomben waren nicht immer ein Friedhof«, berichtet Dad. »Bevor sie zu einem Ossuarium wurden, waren die Tunnel nur Steinbrüche, die unter der wachsenden Stadt verliefen.«

»Was ist denn ein Ossuarium?«

»Das ist ein Ort, an dem die Gebeine von Toten aufbewahrt werden.«

Jacob sieht mich an. »Und was ist mit dem Rest?«

Mum kichert, als ich seine Frage wiederhole. Dadurch fühle ich mich auch nicht besser.

»Die Leichen in den Katakomben wurden aus anderen Gräbern hierhergebracht«, erklärt Pauline.

Hierhergebracht.

Also *ausgegraben.*

»Das gefällt mir nicht«, stellt Jacob fest. »Das gefällt mir überhaupt gar nicht.«

»Heute sind die Katakomben die letzte Ruhestätte von etwa sechs Millionen Toten«, sagt Dad.

Ich falle beinahe die Treppe hinunter. Da habe ich mich doch wohl verhört.

»Das ist dreimal so viel wie die lebende Bevölkerung von Paris!«, ergänzt Mum gut gelaunt.

Mir wird ein wenig übel. Jacob sieht mich finster an, als wolle er sagen: *Das ist alles deine Schuld.*

Als wir endlich am Fuß der Treppe ankommen, umspült mich der Schleier wie eine Flutwelle und zerrt an meinen Gliedern. Ich wehre mich und versuche, standhaft zu bleiben.

Jacob rückt näher zu mir, plötzlich völlig ernst. »Wir werden hier nicht durch den Schleier gehen. Hast du mich verstanden, Cassie? Wir gehen hier nicht durch den Schleier!«

Das muss er mir nicht sagen.

Ich habe absolut keine Lust, herauszufinden, was sich auf der anderen Seite dieses besonderen Schleiers befindet.

Erst recht nicht, als ich sehe, was vor uns liegt.

Ich hatte auf einen großen, offenen Raum gehofft, wie eine riesige Tropfsteinhöhle mit Stalaktiten – oder Stalagmiten? Ich weiß nie, welche was sind. Aber es ist nur ein Tunnel.

Der Boden besteht aus Steinen und festgetretener Erde und die Wände scheinen von Hand gegraben zu sein. Gelegentlich tropft Wasser von der Decke. In regelmäßigen Abständen sind elektrische Lampen angebracht, die schwache gelbliche Lichtpfützen in der Finsternis bilden.

»Na, hier ist es ja gemütlich«, meint Mum.

Ich schlucke schwer, als wir losgehen, immer tiefer in den Tunnel hinein. *Der einzige Weg nach draußen ist vorwärts*, sage ich mir.

»Oder einfach wieder die Treppe rauf«, sagt Jacob.

Komm schon, denke ich. *Wo bleibt dein Sinn für Abenteuer?*

»Muss ich wohl oben auf der Straße gelassen haben«, erwidert er.

Mum und Dad gehen voraus und erzählen in die Kameras. Ich werfe einen Blick auf Pauline, die sich darauf konzentriert, wo sie hintritt, und vorsichtig den flachen Pfützen und den schlammigen Stellen zwischen den Steinen ausweicht.

Ich neige mich zu ihr und flüstere: »Ich hätte hier unten mehr Knochen erwartet.«

»Wir haben die Gräber noch nicht erreicht«, gibt sie zurück. Ihre Stimme hallt von der niedrigen Decke wider. »Das hier ist nur die Galerie, ein Relikt aus der Zeit, als diese Tunnel noch weniger gruseligen Zwecken dienten.«

Der Tunnel schlängelt und windet sich und ist an manchen Stellen breit genug für zwei Personen, manchmal aber auch nur für eine. Der Schleier presst sich wie eine Hand gegen meinen Rücken und drängt mich weiter.

»Weißt du, was noch schlimmer ist als ein Ort, an dem es spukt?«, fragt mich Jacob.

Was?

»Ein Ort, an dem es spukt und von dem man nicht so leicht wegkommt.«

Du weißt doch gar nicht, ob es hier spukt, denke ich, bin aber selbst nicht wirklich überzeugt davon.

»Wie sollte es denn anders sein?«, kontert er. »Hast du George Mackenzie vergessen?«

George Mackenzie war einer der Geister auf einem Friedhof in Schottland. Er hat erst angefangen, herumzugeistern, nachdem Vandalen seine Ruhe gestört haben.

Und das war nur *ein Mann*.

Aber vielleicht stimmen die Geschichten ja auch gar nicht. Vielleicht war er schon vorher ruhelos.

»Und vielleicht gibt es hier unten nur friedliche Geister«, meint Jacob. »Die haben hier alle jede Menge Spaß.«

Mum zieht eine kleine Kiste heraus, auf der mehrere Lichter blinken. Ein EMF-Messgerät – ein Gerät, mit dem man Störungen im elektromagnetischen Umfeld messen kann. Auch bekannt als *Geister*. Sie schaltet das Gerät ein, doch es registriert nur gedämpftes Rauschen, als sie damit über die Wände streicht.

Am Ende der Galerie geht der Tunnel in eine Kammer über, deren Wände von Vitrinen gesäumt sind wie in einem Museum. In den Vitrinen sind Texte und Bilder, die erklären, wie die Katakomben entstanden sind. Doch was mich sofort in den Bann zieht, ist die Tür auf der anderen Seite.

Ein steinerner Sims darüber trägt eine französische Inschrift:

Arrête! C’est ici l’empire de la mort.

»Halt!«, liest Dad. »Hier beginnt das Reich der Toten.«

»Gar nicht bedrohlich«, findet Jacob. »Überhaupt gar nicht.«

»Im 18. Jahrhundert«, fährt Dad fort und spricht dabei in Annettes Kamera, »hatte Paris ein Problem. Die Zahl der Toten überstieg die der Lebenden, und die Lebenden hatten keinen Platz mehr, sie unterzubringen. Die Friedhöfe quollen über, einige buchstäblich, und man musste etwas unternehmen. So begann man, die Toten in die Katakomben umzusiedeln.«

»Das sollte zwei ganze Jahre dauern«, fährt Mum fort. »Stellt euch vor, wie jede Nacht eine Prozession mit Leichen beladener Wagen durch die Straßen ratterte, um sechs Millionen Tote aus ihren Gräbern in die Tunnel unter Paris zu schaffen.«

Es ist merkwürdig, meine Eltern zu beobachten. Vor der Kamera verändern sie sich völlig. Sie werden nicht zu anderen Menschen, aber sie werden schärfer, lauter, irgendwie farbiger. Es ist dasselbe Lied mit höherer Lautstärke. Dad, das Klischee eines Gelehrten. Mum, das Ideal einer Träumerin. Gemeinsam sind die »Inspecters« überlebensgroß. Ich mache ein Foto von ihnen, wie sie gefilmt werden, während Dad fortfährt.

»Jahrzehntelang lagen die Gebeine der Toten einfach auf dem Boden der Tunnel und die Knochen waren überall in dem riesigen Grab verteilt. Erst ein Ingenieur namens Louis-Étienne Héricart entschied sich, es zu einem Ort für Besucher zu machen. Damit begann die wahre Umwandlung und das Reich der Toten entstand.«

Mum winkt wie eine Zirkusdiva, die einen Vorhang beiseitezieht. »Sollen wir eintreten?«

»Ich warte lieber hier«, erklärt Jacob und interessiert sich plötzlich demonstrativ für die Glasvitrinen.

Wie du willst, denke ich.

Ohne mich umzusehen, folge ich der Crew. Aber auch wenn ich Jacobs Schritte nicht hören kann, weiß ich, dass er da ist und mir so dicht folgt wie ein Schatten, als wir in eine Welt aus Knochen eintreten.

Kapitel 6

Überall sind Knochen.

Sie säumen die Wände. Ein Meer aus Knochen, das fast bis zur Decke reicht. Sie bilden Muster und Ornamente – eine Welle von Schädeln vor einer Wand aus Oberschenkelknochen. Die morbide Dekoration stapelt sich so hoch das Auge reicht. Leere Augenhöhlen starren mich an und Kieferknochen hängen herunter. Einige der Knochen sind zerbrochen und zerkrümelt, andere sehen erschreckend frisch aus. Wenn man die Augen zu ganz schmalen Schlitzen zusammenkneift, verschwimmen die Einzelteile und zurück bleibt ein Muster aus unterschiedlichen Grautönen, die ebenso gut aus Stein wie aus Knochen bestehen könnten.

Unsere Schatten tanzen an den Wänden und ich schieße ein Foto nach dem anderen. Die Kamera wird nur das aufzeichnen, was tatsächlich da ist, sie sieht nur die Realität. Aber im Augenblick ist das schon makaber genug. Es ist makaber und lässt mich schaudern, aber es ist auch irgendwie schön.

»Und furchtbar«, fällt Jacob ein. »Vergiss nicht furchtbar.«

Als wir um die nächste Ecke biegen, schlägt der EMF-Messer in Mums Händen wie aufs Stichwort aus und gibt statt des Rauschens ein hohes Jaulen von sich, das wie ein Schrei durch die Tunnel hallt.

Mum erschrickt und stellt das Gerät schnell aus.

»Nun«, sagt sie mit leicht bebender Stimme, »ich denke, das spricht für sich.«

Beunruhigt schaudere ich.

Selbst Pauline wirkt nervös.

»Hm, woran könnte das wohl liegen?«, überlegt Jacob. »An der Tatsache, dass wir uns fünf Stockwerke unter der Erde befinden? Oder daran, dass der Tunnel gerade mal so groß ist wie ein Sarg? Oder daran, dass wir von sechs Millionen Leichen umgeben sind?«

Sechs Millionen – die Zahl ist so groß, dass sie irreal erscheint.

220 – das ist eine bessere Zahl. Immer noch viel, aber zählbar. 220 ist die Anzahl der Knochen, die man bei der Geburt hat. Manche davon wachsen zusammen, wenn man älter wird, deshalb hat man als Erwachsener nur noch 206 (vielen Dank an den Biologieunterricht).

Wenn die Katakomben also sechs Millionen Leichen

beherbergen, wie viele Knochen liegen dann hier herum?

Sechs Millionen mal 206 sind … eine ganze Menge. Zu viele, um sie auf ein Foto zu bekommen. Aber Fakt ist: Es sind genug, um die Knochen in jedem einzelnen Tunnel unter Paris zwei Meter hoch aufzustapeln. Ein Königreich der Toten so groß wie die Stadt selbst, aus unbekannten und namenlosen Leichen.

Jacob fängt an zu singen und ich erkenne erst nach einer halben Minute, was er da singt.

»Es gibt Knochen, Knochen, Knochen wunderbar, es gibt Knochen, Knochen, hier hast du ein paar …«

»Echt jetzt?«, flüstere ich.

Jacob hebt die Hände. »Ich versuche nur, das mit Humor zu nehmen.«

Die geschlossenen Eisentore an den Seitentunneln machen das Gewirr aus Gängen um uns herum zu einem einfachen Weg. Ich frage mich, wie leicht man sich ohne diese Türen wohl verirren könnte.

»Seht ihr diese Linien über uns?«, fragt Dad uns und die Kamera.

Ich sehe hoch und erkenne ein breites schwarzes Zeichen, das an die Decke gemalt ist.

»Bevor man die Lichter und Tore angebracht hat, haben nur diese Markierungen verhindert, dass man sich verläuft.«

Ich versuche, mir vorzustellen, wie es hier unten war, bevor es Elektrizität gab und man nur mit Kerzen und Laternen bewaffnet war. Ich schaudere. Das Einzige, was diesen Ort noch gruseliger machen könnte, wäre, im Dunkeln hier unten zu sein.

Mum wendet sich der Kamera zu.

»Im Laufe der Jahre sind nicht wenige Menschen hier heruntergekommen – entweder, um Schutz zu suchen, oder einfach aus Neugier – und haben sich in den vielen Gängen verlaufen. Viele fanden nie wieder den Weg hinaus. Jedenfalls nicht lebendig.«

Der Schleier liegt schwer auf meinen Schultern und drängt mich, hinüberzugehen, doch ich bleibe standhaft. Ich habe das Gefühl, in dem gläsernen Raum aus meinem Traum zu sein, in den die Erde von allen Seiten einzudringen versucht. Aber ich gebe nicht nach.

Es steht zweifelsfrei fest, dass Jacob stärker wird.

Aber ich vielleicht auch.

»Hier drüben«, ruft Dad mit hallender Stimme. *Hier, hier, hier …*

Die Knochenwände werden gelegentlich von Steintafeln unterbrochen, auf denen Zitate über Leben und Tod eingemeißelt sind. Vor einer davon bleibt Dad stehen, und Pauline und ich halten etwas Abstand, damit unsere Schatten nicht mit ins Bild kommen.

Ich sehe zur Seite und erschrecke fast zu Tode, als mich ein Schädel aus seinen leeren Augenhöhlen anstarrt. Ohne nachzudenken, strecke ich die Hand aus und berühre vorsichtig den ausgeblichenen weißen Knochen und …

Plötzlich wallt der Schleier auf und berührt meine Fingerspitzen. Gleichzeitig höre ich gedämpfte Stimmen dahinter: traurig, einsam und verloren. Jemand ruft und ich kann beinahe, *beinahe*, die Worte verstehen. Ich beuge mich näher heran.

»Hallo?«, dringt eine Stimme aus dem Dunkeln. Sie klingt verängstigt.

Ich sehe mich um, doch sonst scheint niemand etwas zu hören. Meine Eltern gehen weiter und Pauline sieht starr geradeaus.

»Cassidy!«, zischt Jacob. »Nicht!«

Ich ziehe die Hand weg, doch ich spüre immer noch den Schleier seidig zwischen meinen Fingern.

»... s'il vous plait ...«, kommt eine weitere Stimme aus dem Dunkeln. Sie spricht Französisch und klingt hoch und dünn.

»... es kommt niemand ...«, folgt eine dritte Stimme. Und dann eine vierte:

»HILFE!«

Der Ruf kommt so plötzlich und laut, dass ich zurücktaumle und über einen Stein stolpere. Unsicher greife ich nach der Wand, um mich abzustützen, doch als ich sie berühre, gibt sie nach, als wäre sie aus Stoff und nicht aus Knochen.

Nein, nein, nein!, denke ich, als sich der Schleier unter meiner Hand teilt und ich hinunter- und hindurchfalle.

Ein kurzer, abrupter Sturz.

Ein Kälteschock.

Der Geschmack des Flusses in meinem Mund.

Und dann befinde ich mich auf Händen und Knien auf dem harten Steinboden.

Meine Handflächen schmerzen und meine Kamera baumelt an ihrem Halsriemen.

Im Tunnel ist es dunkel, und ich blinzle ein paarmal schnell, um mich daran zu gewöhnen. Das einzige Licht, das ich erkennen kann, ist das aus meiner eigenen Brust. Der bläulich-weiße Schein ist hell, reicht aber kaum über mein T-Shirt hinaus. Ich bin nicht gerade eine menschliche Taschenlampe. Eher ein menschliches Glühwürmchen.

Ich stehe auf und ziehe den Spiegel aus meiner Hosentasche.

»Jacob?«, flüstere ich, erhalte aber keine Antwort.

Als sich meine Augen an die Dunkelheit gewöhnen, bemerke ich ein weiteres Licht, das schwach und rötlich hinter einer Ecke leuchtet. Es erinnert mich an das Licht, das ich in der Dunkelkammer verwende, wenn ich einen Film entwickle. Ich gehe darauf zu und höre plötzlich ein leises Geräusch, wie von kleinen Steinchen oder schnellen Schritten, dann weicht das rötliche Licht zurück.

»Hallo?«, rufe ich und gehe schneller. Aber bis ich um die Ecke bin, ist das rote Licht verschwunden und nur eine altmodische Laterne steht auf dem Boden. Sie wirft einen unsteten gelben Schein auf die Schädel um mich herum, die aussehen, als würden sie grinsen. Oder finster dreinblicken. Oder erschrocken.

Dann wird mir auf einmal klar, wie still und leer es im Tunnel ist.

Aber ich habe die Geister doch gehört, oder? Wo sind sie also?

Hinter mir bewegt sich etwas im Dunkeln. Ich kann es spüren. Ich packe den Spiegel fester und versuche, Mut zu fassen und mich umzudrehen, als ich eine Stimme höre.

»Cassidy!«

Jacob. Erleichtert drehe ich mich um und sehe in sein zorniges Gesicht.

»Wir waren uns doch einig, dass wir das nicht tun«, sagt er, die Arme vor der Brust verschränkt.

»Das war keine Absicht«, verteidige ich mich. »Ehrlich!«

»Egal«, erwidert er. »Lass uns hier verschwinden, bevor etwas …«

Hinter uns rollt ein Kiesel über den Boden.

»Hast du das gehört?«, frage ich.

»Vielleicht die Knochen«, sagt Jacob. »Oder der Wind.«

Aber hier unten ist kein Wind, und wir wissen beide, dass es nicht die Knochen sind, erst recht, als wir als nächstes knirschende Schritte hören. Hier ist jemand. Ich will loslaufen, doch Jacob fasst nach meiner Hand.

»Wir haben keine Karte«, warnt er.

Er hat recht. Raum ist Raum. Ein Schritt hinter dem Schleier ist auch ein Schritt auf der anderen Seite. Wenn wir uns zu weit von meinen Eltern und der Crew entfernen, könnte ich mich auch in der realen Welt verlaufen und in diesem Labyrinth gefangen sein.

Doch dann erklingt eine spielerische Stimme: *»Un … deux … trois …«*

»Nein«, warnt Jacob. Er zieht mich zurück und greift schon nach dem Schleier.

»Warte!« Ich versuche, mein Handgelenk zu befreien, als die Stimme wieder zu uns dringt. Doch Jacob hält mich nur noch fester.

»Ich verstehe dich ja«, sagt er. »Du kannst nicht anders. Es ist eben deine Natur. Deine Bestimmung oder wie auch immer. Du musst einfach unters Bett schauen. Oder in den Schrank. Hinter den Vorhang. Aber setz doch mal deinen Verstand ein, Cass. Wir sind zwanzig Meter unter der Erde, nur mit einer Laterne bewaffnet und von Millionen Knochen umgeben. Ich bringe jetzt offiziell die Freundschaftsregel Nummer 21 zum Einsatz. Wir gehen auf der Stelle zurück, und zwar gemeinsam.«

Er hat natürlich recht. Seufzend nicke ich. »Na gut, lass uns gehen.«

Jacob atmet erleichtert auf und greift nach dem Schleier. Er bebt und teilt sich und ich folge ihm hindurch. Doch im letzten Augenblick, bevor das Bild verschwindet, sehe ich mich noch einmal um, und ich könnte schwören, dass ich einen rot geränderten Schatten an der Wand des Tunnels entlangstreichen sehe.

Dann ist der Schleier fort, und ich falle und spüre das eisige Wasser in meiner Lunge, bevor die Welt um mich herum wieder klarer wird und die Lichter heller. Ich höre, wie die Crew die Kameras einpackt, Paulines klackernde Schritte auf dem Steinboden und die Stimmen meiner Eltern, die auf mich zukommen.

Ich knie auf dem schmutzigen Boden, halte aber schnell den Sucher meiner Kamera ans Auge. Um einen Grabstein herum sind Schädel zu einem Torbogen aufgetürmt, vom dem ich gerade ein Foto mache, als Mum um die Ecke kommt.

»Cassidy«, sagt sie aufgebracht und ruft über die Schulter zurück: »Ich habe sie gefunden!«

Ich bringe ein schwaches Lächeln zustande. »Ich habe doch nur ein paar Fotos gemacht«, sage ich mit ein wenig zittriger Stimme und schmutzigen Händen und Knien. »Für die Show.«

»Das war echt knapp, Cass«, sagt Jacob. Er lehnt sich schmollend an die Wand – oder will es zumindest. Doch bei der ersten Berührung mit den Knochen springt er zur Seite und schüttelt sich angewidert.

Mum sieht mich einen Moment lang an und nickt dann. »Ich bewundere deine Hingabe, meine liebe Tochter«, sagt sie und streicht mir übers Haar, »aber das nächste Mal bleibst du in Sichtweite, ja?«

»Ich werde mich bemühen«, antworte ich, als sie mich aufs Haar küsst und hochzieht.

Bevor ich ihr durch den Tunnel folge, muss ich mich noch einmal umsehen und erwarte fast, das rote Licht an der Wand tanzen zu sehen. Doch ich sehe nur Dunkelheit und die Schatten auf den Knochen.

TEIL ZWEI

Unfug

Kapitel 7

Habt ihr manchmal auch das Gefühl, ihr werdet verfolgt?

So ein Kribbeln im Nacken, wenn euch jemand beobachtet?

Dieses Gefühl werde ich jetzt nicht mehr los, auch nicht, als wir die Tunnel hinter uns lassen und wieder die Straßen von Paris betreten. Immer wieder sehe ich mich um und bin sicher, dass ich etwas oder jemanden entdecken werde, und jedes Mal ist da nichts und ich habe das Gefühl, es gerade verpasst zu haben. Meine Wahrnehmung spielt mir Streiche, bis jeder Schatten aussieht, als würde er sich bewegen. Jeder Streifen Sonnenlicht nimmt Gestalt an.

Ich sage mir, dass da nichts ist. Nur ein Nachklang des Schreckens, der an mir hängt wie Spinnweben.

Es ist Mittagszeit und wir setzen uns an einen Tisch in einem Straßencafé. Wir sind wohl alle dankbar, wieder an der frischen Luft zu sein. Mum und Dad besprechen die nächste Filmlocation – den Jardin du Luxembourg – und ich bestelle etwas, das Croque Monsieur heißt und sich als Luxusversion eines überbackenen Käse-Schinken-Sandwiches erweist. Das warme Essen vertreibt den letzten Schauder der Katakomben. Doch meine Aufmerksamkeit wird immer wieder auf den Gehweg gelenkt und ich muss an die Stadt der Toten unter meinen Füßen denken. Unwillkürlich frage ich mich, wie viele Menschen durch die Straßen gehen und gar nicht wissen, dass sie über all diese Knochen laufen.

»Etwas morbide, was?«, ruft Jacob mir zu.

Er steht in der Sonne, die durch ihn hindurchscheint, während er einen Stein am Straßenrand anpeilt und sich bereit macht, dagegen zu treten.

Und dann beginne ich ganz plötzlich zu zittern.

Es ist, als hätte mir jemand mit einer eiskalten Hand über den Nacken gestrichen. Unwillkürlich japse ich auf und hole scharf Luft.

Mum sieht mich überrascht an, doch ehe sie fragen kann, was los ist, höre ich irgendwo über mir ein reißendes Geräusch. Der Rand der Markise über dem Café löst sich.

»Pass auf, Cassidy!«, schreit Jacob.

Einer der Metallhaken an der Ecke der Markise schwingt auf unseren Tisch herunter und zerschmettert den Wasserkrug vor meinem Platz.

Ich springe gerade noch rechtzeitig zurück, um den

Scherben und dem größten Teil des Wassers auszuweichen.

Mum und Dad keuchen erschrocken und Pauline springt auf und legt überrascht eine Hand an die Brust. Anton und Annette untersuchen kopfschüttelnd die kaputte Markise und unterhalten sich hektisch auf Französisch.

Ein Kellner kommt angelaufen und entschuldigt sich tausendmal, während er die Scherben auffegt. Er bringt uns an einen anderen Tisch, und wir versuchen, den merkwürdigen Vorfall zu vergessen.

Aber Mum ist ganz außer sich und sucht mich nach möglichen Schnitten ab. Ich versichere ihr, dass es mir gut geht, obwohl mir ein wenig schwindelig ist. Ich sehe zu unserem alten Tisch zurück. Vielleicht war es wirklich nichts. Nur eine kaputte Schraube an der Markise. Ein sprödes Stück Stoff. Pech. Aber was ist mit dem kalten Hauch, den ich gespürt habe, kurz bevor die Markise kaputtgegangen ist? Was war das? Eine Warnung?

»Hältst du dich jetzt für eine Hellseherin?«, fragt Jacob.

Obwohl ich mir zu 90 Prozent sicher bin, dass das nicht in der Stellenbeschreibung von Geisterjägern steht, schreibe ich unter dem Tisch an Lara.

Ich: Hi!

Ich: Haben Leute wie wir noch andere Kräfte?

Ein paar Augenblicke später schreibt Lara zurück.

Lara: Manche sind sehr sensibel. Je mehr Zeit sie im Zwischendrin verbringen, desto stärker werden ihre spektralen Sinne.
Lara: Warum fragst du?

Ich zögere kurz, bevor ich zurückschreibe.

Ich: Ich bin nur neugierig. ☺
Lara: 😐

Jacob sieht mir über die Schulter.

»Ha!«, sagt er. »Der Smiley sieht ihr total ähnlich.«

***

Eins muss man den Franzosen wirklich lassen: Sie lieben Desserts.

Auf dem Weg zur nächsten Location kommen wir an Folgendem vorbei: ganze Läden nur für Schokolade, vier Schaufenster voller kleiner Kuchen, die regelrechte Kunstwerke sind, zahllose Eiswagen und jede Menge Tresen mit den kleinen, bunten Kekssandwiches, die Makronen heißen und die es in Geschmacksrichtungen wie Rose, Karamell, Brombeere oder Lavendel gibt.

Mum kauft uns eine Schachtel Makronen und bietet

mir eine davon an, die die Farbe von buttergelbem Sonnenschein hat. Ich versuche, mich auf die Süßigkeit zu konzentrieren und nicht auf das flaue Gefühl in meinem Magen zu achten, auf den hämmernden Puls und das bohrende Gefühl, dass etwas nicht stimmt.

Als ich in die Makrone beiße, knackt es leise, bevor ich an einen weichen Kern aus intensiv schmeckender Zitronencreme gelange.

»Ein Naturtalent«, behauptet Pauline. »Als nächstes musst du Escargots probieren.«

Mum und Dad lachen beide, was mich ein wenig nervös macht. Doch als ich fragen will, klopft mir Mum auf die Schulter und meint nur: »Das willst du gar nicht wissen.«

Aber Dad flüstert mir leise ins Ohr: »Schnecken.«

Ich hoffe doch sehr, dass das ein Scherz ist.

»Wir sind da«, stellt Mum fest. »Der Luxemburggarten.«

»Sie sagt immer wieder Garten«, meint Jacob. »Aber ich glaube nicht, dass sie damit dasselbe meint wie wir.«

Da hat er wohl recht. Dieser Garten sieht aus, als wäre er nach einem komplizierten mathematischen Muster angelegt.

Große Bäume, deren Wipfel zu parallelen Linien gestutzt worden sind, führen wie hohe grüne Wände auf einen weiteren riesigen Palast zu. Die Sandwege schneiden die Rasenflächen in geometrische Muster, deren Ränder mit Rosen bepflanzt sind und auf denen überall Statuen herumstehen. Der Rasen ist so kurz und gleichmäßig, dass ich mir fast vorstellen kann, wie hier jemand auf Händen und Knien die einzelnen Halme mit der Nagelschere stutzt.

Mum schwenkt nach links ab und betritt einen Waldweg. Der Sand knistert unter unseren Füßen, und wir folgen ihr, bis sie stehen bleibt und sich auf eine Bank setzt.

»Wollt ihr eine Geschichte hören?«, fragt sie. Ihre Stimme ist weich, lockend und gruselig zugleich.

Wie aufs Stichwort treten wir alle näher. Mum hatte schon immer diese Macht über Menschen. Sie ist eine Geschichtenerzählerin, die alle in ihren Bann zieht.

Selbst Pauline kann ihr Interesse nicht verbergen. Sie legt eine Hand an den Kragen ihrer Bluse, während sie zuhört, wie sie es schon öfter getan hat. Eine nervöse Angewohnheit, denke ich. Eigentlich seltsam, denn schließlich hat sie behauptet, eine Skeptikerin zu sein – was sollte sie also nervös machen?

Anton hat begonnen zu filmen, und als Mum weiterredet, spricht sie nicht nur uns, sondern auch ein unsichtbares Publikum an.

»An einem schönen Abend im Jahre 1925 saß ein Gentleman hier im Jardin du Luxembourg auf einer Bank«, sagt sie und klopft neben sich auf die Bank. »Er las bei dem schönen Wetter ein Buch, als plötzlich ein Mann in einem schwarzen Mantel auf ihn zutrat und ihn zu einem Konzert zu sich nach Hause einlud. Der Gentleman nahm die Einladung an und folgte dem Mann in seine Wohnung, wo ein Fest in vollem Gange war. Er verbrachte die Nacht bei Musik, Wein und in ausgezeichneter Gesellschaft.«

Mum lächelt spitzbübisch und neigt sich vor. »In den frühen Morgenstunden machte der Gentleman sich auf den Heimweg, stellte aber kurz darauf fest, dass er sein Feuerzeug vergessen hatte und ging zurück, um es zu holen. Doch als er ankam, sah er, dass das Haus dunkel und Fenster und Türen mit Brettern zugenagelt waren. Ein Nachbar erzählte ihm dann, dass dort einmal ein Musiker gelebt habe, der jedoch vor über zwanzig Jahren gestorben sei.«

Ein leichtes Frösteln überkommt mich, doch das ist normal, ein fast angenehmer Schauer, der zu einer guten Geistergeschichte dazugehört. Nicht wie das, was ich im Café gespürt hatte.

»Doch bis heute«, fährt Mum fort, »kann man, wenn man bei Sonnenuntergang im Park verweilt, gelegentlich auf den Mann im schwarzen Mantel treffen, der dieselbe Einladung ausspricht. Die Frage ist nur – würdet ihr sie annehmen?«

»Na endlich!«, sagt Jacob. »Eine Geschichte von einem freundlichen Geist.«

Als Mum von der Bank aufsteht, kommt ein kühler Wind auf. Dieses Mal fühlt es sich aber wirklich an wie zuvor in dem Café. Ich kämpfe gegen einen erneuten Schauder an, als ich auf dem Pfad hinter mir Schritte im Sand höre. Ich drehe mich um und erhasche aus dem Augenwinkel einen Blick auf etwas – *jemanden.*

Doch als ich genauer hinsehe, kann ich niemanden entdecken.

»Hast du …?«, beginne ich, doch Jacob ist schon mit dem Rest der Gruppe weitergegangen. Ich stoße unsicher die Luft aus.

»Cass, kommst du?«, ruft Dad.

Stirnrunzelnd jogge ich los, um sie einzuholen.

»Wenn du weiter so über deine Schulter siehst, wirst du dir noch den Hals verrenken«, warnt mich Jacob.

Er beginnt, neben mir rückwärtszugehen. »Ich werde für dich nach hinten sehen.« Er schiebt die Hände in die Hosentaschen und blinzelt in die Ferne. »Glaubst du immer noch, dass uns jemand folgt?«

»Ich weiß es nicht«, antworte ich kopfschüttelnd. »Da ist nur so ein komisches Gefühl. Das habe ich schon den ganzen Tag.«

»Vielleicht ist Merkur rückläufig.«

»Was soll das denn heißen?«

»Keine Ahnung«, gibt Jacob zu und dreht sich wieder um. »Aber ich habe das schon öfter Leute sagen gehört, wenn irgendetwas schiefgegangen ist.«

»Ich glaube kaum, dass die Planeten etwas damit zu tun haben«, meine ich stirnrunzelnd.

Jacob zuckt mit den Achseln und wir gehen schweigend zum letzten Drehort dieses Tages.

Der Eiffelturm ist nicht gerade unauffällig.

Man sieht ihn aus halb Paris als dunklen Turm aus metallener Spitze vor dem Himmel aufragen. Aus der Nähe ist er massiv und hebt sich wie ein stählernes Untier aus der Stadt empor.

Im Park unter dem Turm wimmelt es von Menschen, die sich in der Sonne rekeln. Die Stimmung ist alles andere als gespenstisch. Doch ich könnte schwören, dass die Wolken sich zusammenballen und einen Schatten auf Dads Gesicht werfen, und eine leichte Brise Mums Haare zaust, als sie zu drehen beginnen.

Sie bringen ihre eigene Atmosphäre mit.

»Der Eiffelturm«, sagt Dad, während Anton ihn filmt. »Eines der berühmtesten Werke der Architektur und eine der beliebtesten Touristenattraktionen der Welt. Ein Meilenstein der Geschichte.«

Mit effektvoll gesenkter Stimme fällt Mum ein: »Und der Geschicht*en*.« Sie wirft einen Blick über die Schulter zum Turm, bevor sie fortfährt: »Zu Beginn des zwanzigsten Jahrhunderts verliebte sich ein junger Amerikaner in ein französisches Mädchen. Nachdem er ihr eine Weile den Hof gemacht hatte, nahm er sie mit auf den Turm, um ihr einen Antrag zu machen. Doch als er den Ring hervorzog, war sie so überrascht, dass sie zurücksprang, über den Rand fiel und in die Tiefe stürzte …«

Ich muss schlucken und meine ganze Haut kribbelt vor Nervosität. Vielleicht liegt es an der Sache im Café, aber plötzlich kommt mir der Eiffelturm wie ein drohendes Unglück vor.

»Solche Geschichten gibt es zu Dutzenden«, sagt Dad skeptisch. »Vielleicht sind es nur moderne Mythen.«

»Vielleicht ist aber auch eine davon wahr«, gibt Mum zurück. »Besucher behaupten, sie hätten eine junge Frau gesehen, die auf dem dunklen Geländer saß und lächelte wie eine Braut.«

Aus dem Augenwinkel erhasche ich eine Bewegung.

Es ist Pauline. Während Mum und Dad ihre Geschichte erzählen, greift sie sich wieder an den Hals. Ich sehe, wie sie etwas aus ihrer Bluse zieht. Es ist eine silberne Kette mit einem Anhänger. Mein Herz macht einen Satz, und ich muss an den Spiegel in meiner Tasche denken, der ruhelose Geister vertreiben kann.

Doch als ihr Anhänger ans Licht kommt, erkenne ich, dass es kein Spiegel ist, sondern ein normales Schmuckstück, eine silberne Scheibe, die ganz glatt und abgenutzt ist. Sie streicht mit dem Daumen darüber und bewegt die Lippen, als würde sie mit sich selbst sprechen.

»Was ist das?«, frage ich und sie zeigt mir den Talisman. Die meisten Details sind weggerieben und nicht mehr auszumachen, doch ich kann noch die Umrisse eines Auges erkennen.

»Das ist ein altes Symbol«, erklärt Pauline. »Es soll den bösen Blick abwehren.«

»Ich dachte, Sie glauben nicht an so etwas.«

»Tue ich auch nicht«, antwortet sie schnell und wedelt mit der Hand. »Es ist nur ein bisschen Aberglaube.«

Ich weiß nicht recht, ob ich ihr das glauben soll.

»Nun«, fragt Mum, die zu uns gekommen ist, und klatscht in die Hände. »Sollen wir raufgehen?«

Ich muss schlucken. »Da rauf?«, wiederhole ich und sehe am Turm hoch.

Zugegeben: Ich mag Höhen nicht. Ich würde nicht so weit gehen, zu behaupten, ich hätte Höhenangst, aber ich werde auch nie diejenige sein, die am Abgrund steht, mit weit ausgebreiteten Armen wie Harry Potter, als er zum ersten Mal auf einem Hippogreifen reitet (ich meine natürlich die Filmversion).

Aber ich will auch auf keinen Fall etwas verpassen.

Nach zwei Aufzügen und mehreren Treppen erreichen wir endlich die höchste Aussichtsplattform von Paris. Trotz des Geländers halte ich mich lieber im Hintergrund. Hier oben ist es kühler, daher frage ich mich, ob ich einen plötzlichen Temperaturabfall überhaupt spüren würde – diese Warnung, falls es das ist –, bevor ein Unglück geschieht. Der Eiffelturm sieht aus, als würde er von einer Million Nieten und Schrauben zusammengehalten. Was passiert wohl, wenn eine davon bricht? Oder mich ein plötzlicher Windstoß in die Tiefe reißt?

Ich schüttle den Kopf, um mich von den Gedanken freizumachen. Ich werde schon genauso paranoid wie Jacob.

»Was du paranoid nennst, nenne ich praktisch«, verteidigt sich Jacob.

Bevor ich widersprechen kann, hakt Mum sich bei mir unter und zieht mich näher zum Rand. Und als Dad mir die Hand auf die Schulter legt, vergesse ich plötzlich, Angst zu haben. Unter mir liegt die ganze Stadt ausgebreitet, in Weiß, Gold und Grün, so weit das Auge reicht. Ich weiß, dass kein Foto der Welt diesen Anblick einfangen könnte.

Und einen Moment lang vergesse ich die Geister, die hier oben angeblich hausen. Einen Augenblick lang vergesse ich beinahe auch das gruselige, unangenehme Gefühl, verfolgt zu werden.

Einen Moment lang ist Paris einfach nur wundervoll.

»Warte nur ab«, meint Jacob fröhlich. »Ich bin sicher, *irgendetwas* wird bestimmt schiefgehen.«

Kapitel 8

Die Crew übergibt Mum und Dad die Aufnahmen des Tages, damit sie sie durchgehen können, und Pauline küsst uns auf beide Wangen, bevor sie am späten Nachmittag verschwindet. Mum und Dad beschließen, dass wir im Hotelzimmer ein Picknick veranstalten. Also schlendern wir über einen Straßenmarkt und kaufen Brot, Käse, Wurst und Obst. Summend schlenkert Mum mit den Einkaufstüten. Dad hat ein Baguette unter dem Arm und ich schieße lächelnd ein Foto von den beiden.

Als wir zum Hotel zurückkommen, habe ich das Gefühl, als wären wir durch die ganze Stadt gelaufen. Mit schmerzenden Füßen betreten wir das Zimmer, ich als letzte.

»Cass, mach die Tür zu«, verlangt Mum, weil sie die Hände voller Lebensmittel hat.

Ich schiebe die Tür mit dem Fuß zu, ziehe mir den Kameraiemen über den Kopf und gehe dann in das kleine Schlafzimmer, wo Jacob und ich uns aufs Bett fallen lassen.

Was für ein merkwürdiger Tag, denke ich.

»Noch merkwürdiger als normal«, gibt Jacob zu.

Ächzend drehe ich mich um und will gerade nach einem der Comics in meiner Tasche greifen, als Mums Stimme durch die Suite schallt:

»Cassidy!«

Jacob schießt hoch. »Das klingt nicht gut!«

Meine Mutter hat viele Stimmen. Da gibt es die »Ich bin ja so stolz auf dich«-Stimme. Die »Du kommst zu spät zum Essen«-Stimme. Die »Ich muss mit dir über die lebensverändernde Entscheidung reden, die dein Vater und ich getroffen haben«-Stimme. Und die Stimme, die mir sagt, dass es richtig Ärger gibt.

Und genau die setzt Mum jetzt gerade ein.

Ich gehe ins Wohnzimmer, wo sie mit verschränkten Armen an der Suitetür steht. Sie ist offen.

»Worum hatte ich dich gebeten?«, fragt sie und ich sehe verwirrt von ihr zur Tür.

»Aber ich habe sie doch zugemacht!«, verteidige ich mich und sehe zu Jacob, der nur mit den Achseln zuckt.

»Sieh mich nicht so an«, verlangt er. »Ich hab sie bestimmt nicht aufgemacht.«

Ich verstehe gar nicht, wieso darum so ein Wirbel gemacht wird, bis ich draußen im Gang Dad mit Grims Futterschüssel klappern höre: »Komm, Miezmiezmiez!«

Oh-oh!

»Er ist rausgelaufen?«, rufe ich.

Es ist so: Grim ist kein normaler Kater. Er ist kein Jäger und nicht einmal besonders schnell. Zu Hause bewegt er sich ungefähr so viel wie ein Laib Brot. Also selbst wenn ich die Tür offen gelassen hätte – was ich *bestimmt nicht* getan habe –, ist die Gefahr, dass er wegläuft, normalerweise ziemlich gering.

Trotzdem ist er weg.

Und im Flur ist er auch nicht.

Wir teilen uns auf. Dad geht die Treppe zum dritten Stock hinauf, Mum läuft in die Lobby und Jacob und ich übernehmen den Rest.

Wie ist er rausgekommen? Warum ist er weggelaufen? Grim hat sich noch nie sonderlich für die Welt da draußen interessiert. Die paar Mal, die er sich aus unserer Gartentür gewagt hat, ist er kaum weiter gekommen, als bis zum nächsten Sonnenflecken, wo er sich auf den Rücken gelegt hat, um ein Schläfchen zu machen.

»Grim?«, rufe ich.

»Grim!«, ruft auch Jacob.

Mir schnürt sich die Kehle zu. Wo *ist* er?

Wir sehen hinter Topfpflanzen und unter Tische, doch weder im ersten noch im zweiten Stock ist eine Spur von ihm zu entdecken. Auch nicht in der Lobby, wo sich Mum mit dem Concierge unterhält. Ich beschließe, im Salon zu suchen, wo wir gefrühstückt haben. Er ist nachts geschlossen, aber eine der Glastüren steht einen Spalt offen. Gerade breit genug für eine Katze.

Ich schlüpfe hinein und Jacob folgt mir. Erfolglos taste ich an der Wand nach einem Lichtschalter. Doch obwohl die Vorhänge zugezogen sind, dringt von der Rue de Rivoli genügend Licht herein, damit ich ein wenig sehen kann.

»Grim?«, rufe ich leise und versuche, nicht ängstlich zu klingen, während ich zwischen den Tischen herumschleiche.

Ganz plötzlich, von einem Schritt zum nächsten, hole ich scharf Luft. Es ist, als wäre ich auf einen Fleck kalter Luft gestoßen. Ein plötzlicher Schauer überläuft mich.

»Jacob …«

Ding … ding … ding …

Wir sehen beide nach oben. Über uns hängen Kronleuchter, die leise klimpernd hin und her schwingen.

Wir sehen uns an.

Warst du das?, fragt mein Blick.

Bist du bekloppt?, fragt seiner zurück.

Die Kälte nimmt zu, und ich sehe, wie das Tischtuch von einem der Tische in der Nähe gleitet und das Geschirr darauf mit sich zieht. Ich springe darauf zu, komme aber knapp zu spät. Teller und Besteck scheppern zu Boden und gleich darauf huscht eine dunkle Gestalt links von mir durch die Dunkelheit. Es ist nur ein Schatten, und es ist zu dunkel, um ihn zu erkennen, aber eines ist sicher:

Er ist größer als eine Katze.

Bevor ich ihm folgen kann, ruft Jacob: »Ich hab ihn!«

Er kniet auf der anderen Seite des Zimmers und sieht unter einen Stuhl.

Tatsächlich, da ist Grim.

Doch als ich näher komme, faucht er mich an.

Grim faucht nie, doch jetzt sieht er mich mit weit aufgerissenen grünen Augen und angelegten Ohren an und zeigt mir fauchend die Zähne. Als ich nach ihm greife, schießt er plötzlich an mir vorbei, durch Jacobs ausgestreckte Hände hindurch und aus dem Frühstückszimmer. Wir verfolgen ihn in die Lobby, wo die ziemlich ungehaltene Empfangsdame, die uns gestern eingecheckt hat, den Kater am Genick packt.

»Ich glaube, das gehört Ihnen«, sagt sie unwirsch zu Mum.

Mum sieht den Kater böse an. »Das tut mir wirklich sehr leid«, sagt sie und nimmt den reichlich unglücklichen Grim an sich. Dann betrachtet sie mich finster und verspricht: »Es wird nicht wieder vorkommen.«

Doch als ich ihr nach oben folge, muss ich immer wieder denken: *Ich bin mir ganz sicher, dass ich die Tür geschlossen habe.*

Mum und Dad richten das Picknick auf dem niedrigen Sofatisch an, und als wir schließlich alle auf

Kissen auf dem Boden sitzen, löst sich die Spannung allmählich, während wir Äpfel, Käse und frisches Baguette essen. Meine Eltern besprechen die Filmsequenzen des Tages und ich muss immer wieder an diese merkwürdige Kälte denken. Ich habe sie mittags gespürt, kurz bevor die Markise kaputtgegangen ist, dann auf dem Weg im Park und schließlich hier unten im Salon. Und jedes Mal hatte ich das gleiche starke Gefühl, nicht allein zu sein.

Auf jeden Fall war da irgendetwas, das Grim erschreckt hat. Er verarbeitet den Schock, indem er sich zu einem flauschigen Haufen zusammenrollt und am Fußende meines Bettes schläft.

Was hat er nur gesehen? Was habe ich gesehen?

Ich muss an den Schatten im Salon denken. Vielleicht habe ich mich getäuscht und es war nur eine Straßenlaterne …

»Alles in Ordnung, Cass?«, fragt Mum. »Du scheinst meilenweit weg zu sein.«

»Tut mir leid. Ich bin nur müde«, bringe ich mit gequältem Lächeln hervor.

Ich schiebe mich vom Tisch hoch und greife nach meinem Handy.

Ich brauche eine zweite Meinung.

Ich schreibe Lara.

Ich: Kannst du reden?

Ich: Brauche deine Hilfe.

Zehn Sekunden später klingelt das Telefon.

Ich gehe ins Bad, Jacob folgt mir. Doch er achtet darauf, dem Spiegel den Rücken zu kehren. Nachdem ich die Tür geschlossen habe, nehme ich das Gespräch an.

»Cassidy Blake«, erklingt eine gezierte englische Stimme. »Hast du etwa doch schon Ärger?«

Ich drücke auf den Videochat-Knopf und nach einer Sekunde Verzögerung erscheint Lara Chowdhury auf dem Bildschirm. Sie sitzt in einem hochlehnigen Sessel und auf einem Stapel Bücher neben ihr balanciert eine Teetasse.

»Du hast ja immer noch deinen Hausgeist«, stellt sie fest, als sie Jacob bemerkt.

»Bist du neidisch, weil du keinen hast?«, gibt Jacob zurück.

»Lasst das«, verlange ich von den beiden.

Seufzend stützt Lara den Kopf in eine Hand. Ihr schwarzes Haar hat sie zu einen unordentlichen Knoten aufgesteckt. Das ist das erste Mal, dass ich etwas an Lara entdecke, was man als *unordentlich* bezeichnen könnte, und …

»Ist das … ein Harry-Potter-Pyjama?«

Lara sieht an sich herunter. »Nur weil er blau und bronzefarben ist …«

»Das ist absolut ein Harry-Potter-Pyjama, stimmt's?«

»Der ist bequem«, erwidert Lara pikiert. »Und nur weil er *zufällig* die Farben des von mir bevorzugten

Hauses hat …« Sie schüttelt den Kopf und wechselt abrupt das Thema. »Wie ist Paris?«

»Gruselig.«

»Wer hätte das gedacht«, antwortet sie. »Ich war letzten Sommer da und hatte alle Hände voll zu tun. Wo warst du denn schon überall?«

»In den Tuilerien, im Jardin du Luxembourg und auf dem Eiffelturm. Ach ja, und in den Katakomben.«

»Du bist in die Katakomben gegangen?« Lara scheint fast beeindruckt zu sein.

»Ja«, bestätige ich. »War gar nicht mal so schlecht. Ich meine, versteh mich nicht falsch, das war kein Strandspaziergang, aber bei so vielen Skeletten hätte ich mit Schlimmerem gerechnet.«

Lara zuckt mit den Achseln. »Friedhöfe sind normalerweise relativ ruhig.«

»Weiß ich, aber da diese Leichen bewegt worden sind, dachte ich …«

»Also bitte«, meint Lara. »Wenn sich die Geister jedes Mal aufregen würden, wenn man ihre Knochen verlagert, gäbe es im Zwischendrin gar keinen Platz mehr.«

»Aber in den Katakomben spukt es wirklich!«

»Natürlich spukt es dort«, erklärt Lara. »In ganz Paris spukt es. Aber ich bin sicher, dass in den Katakomben keine sechs Millionen Geister herumspuken.« Sie richtet sich auf und hakt nach: »Aber du hast mich doch nicht nur angerufen, um zu plaudern?«

»Nein.« Ich kaue auf meiner Unterlippe. »Hier geht etwas Seltsames vor sich.«

Ich erzähle ihr von der herabstürzenden Markise beim Mittagessen, dem Gefühl, verfolgt zu werden, dass Grim weggelaufen ist und von dem sich bewegenden Tischtuch im Salon. Und natürlich von dem Schatten. Und ich erzähle ihr von dem Kältegefühl, das ich jedes Mal kurz vorher gespürt habe.

Lara kneift nachdenklich die Augen zusammen, und als ich fertig bin, meint sie: »Cassidy, du hast dir vielleicht einen Poltergeist eingefangen.«

Sie klingt nervös und das wiederum macht mich nervös.

»Was ist denn ein Poltergeist?«, erkundigt sich Jacob.

»Das ist ein Geist, der von spektraler Energie angezogen wird«, erklärt mir Lara. »Wahrscheinlich war er im Ruhezustand, bis er deine Energie gespürt hat.« Ihr Blick wandert zu Jacob. »Oder auch seine. Das Kältegefühl ist tatsächlich eine Intuition, eine Warnung, dass starke Geister in der Nähe sind.«

»Na gut.« Ich setze mich auf den Rand der Badewanne. »Aber ein Poltergeist ist auch nur eine Art Geist, oder nicht?«

»Eine sehr gefährliche Art von Geist«, sagt Lara. »Sie ernähren sich vom Chaos.«

»Cassidy?«, ruft Mum und klopft an die Tür. »Alles in Ordnung da drin?«

»Ja«, rufe ich zurück. »Ich putze mir nur die Zähne.« Mit gesenkter Stimme rede ich weiter. »Aber wie kann ein Poltergeist in der realen Welt Ärger machen? Sollte er nicht im Schleier gefangen sein?«

Lara zwickt sich in den Nasenrücken. »Poltergeister sind Wanderer. Sie stecken nicht in einer Schleife oder einer Erinnerung fest, und sie sind auch nicht an den Ort gebunden, an dem sie gestorben sind. Sie haben sich vom Zwischendrin gelöst. Sie können sich frei bewegen und sogar durch den Schleier in unsere Welt hinübergreifen.«

»Wie Raven, der rote Rabe«, sage ich und denke an die Geisterfrau, die in Edinburgh herumgespukt hat und Kinder stahl, bis sie mir mein Leben genommen hat.

»Ja und nein«, sagt Lara. »Selbst Raven konnte das Zwischendrin erst verlassen, als sie dein Leben hatte. Deshalb musste sie dich ja hinüberlocken. Aber Poltergeister haben bereits einen Fuß auf jeder Seite. Also gratuliere, du hast es geschafft, etwas noch Gefährlicheres zu wecken.«

Mein Magen macht einen Plumps nach unten. Raven war nicht gerade ein Kinderspiel.

»Das ist wie in einem Videospiel«, findet Jacob. »Auf jedem Level wird es schwieriger, zu gewinnen.«

»Das ist vielleicht etwas arg vereinfacht dargestellt«, meint Lara stirnrunzelnd, »aber im Grunde hat er recht.«

»Okay«, überlege ich. »Aber ein Poltergeist ist trotzdem ein Geist. Ich muss ihn also nur finden und zurückschicken.«

»Ja«, bestätigt Lara. »Und zwar so schnell wie möglich. Poltergeister fangen mit kleinen Dingen an, sie machen jede Menge Unfug, aber dann können sie zu einer ernsthaften Bedrohung werden, Unfälle auslösen und schließlich regelrecht Unheil bringen. Sie sind gewalttätig.« Ich muss an die zerrissene Markise und die Glasscherben denken und daran, dass ich Glück hatte, nicht verletzt worden zu sein. »Sie haben keine Skrupel, Menschen zu verletzen oder sogar zu töten«, warnt mich Lara. »Und je mehr Unheil ein Poltergeist anrichtet, desto stärker wird er.« Sie sieht erst Jacob an, dann mich, und ihre nächsten Worte sind sehr deutlich: »So starke Geister haben in unserer Welt nichts zu suchen, Cassidy. Jede Minute, die sie frei sind, schaden sie der Balance und dem Schleier.«

Jacob sieht zu Boden und ballt die Fäuste. Wir wissen beide, dass Lara nicht nur vom Poltergeist spricht.

Ich räuspere mich. »Na gut. Danke für die aufmunternden Worte. Hast du nicht Lust auf einen Ausflug nach Paris?«

Ein trauriges Lächeln huscht über ihr Gesicht. »Ich wünschte, ich könnte kommen. Aber ich bin immer erreichbar, wenn du mich brauchst. Und, Cassidy?«

»Ja?«

»Sei vorsichtig. Und du …«, droht sie Jacob, »wenn du schon da bist, kannst du dich wenigstens nützlich machen.«

Sie legt auf und ich starre auf den dunklen Bildschirm.

»Ehrlich«, meint Jacob trocken, »ich glaube, sie fängt langsam an, mich zu mögen.«

Seufzend werfe ich ihn aus dem Bad, damit ich mir wirklich die Zähne putzen kann.

Als ich ins Bett steige, ist Jacob nirgends zu sehen. Nachts ist er nie da, und ehrlich gesagt weiß ich gar nicht, wo er sich herumtreibt.

Manchmal haben selbst gedankenlesende Geisterfreunde ihre Geheimnisse.

Kapitel 9

Irgendetwas reißt mich aus einem tiefen, traumlosen Schlaf.

Ich weiß nicht, was es ist – ein Gewicht am Bettrand oder vielleicht Grim, der herumläuft –, ich weiß nur, dass ich wach bin und es dunkel im Zimmer ist. Auch draußen ist es noch finstere Nacht. Meine Tür ist nur angelehnt, und ich lausche mit angehaltenem Atem auf irgendwelche Geräusche – Dads Schnarchen oder die Stimmen später Touristen auf der Straße –, aber es ist unnatürlich still.

Bis ich ein Schloss klicken höre und die Hotelzimmertür mit leisem Knarren aufschwingt.

Der Poltergeist.

Aus dem Flur dringt schwaches rotes Licht herein und schon bin ich auf den Beinen und tapse barfuß durch die Dunkelheit. Als ich an der Tür ankomme, gleitet der rötliche Schein die Treppe hinunter. Ich trete auf den Gang hinaus und greife nach meinem

Spiegelanhänger – nur um festzustellen, dass ich ihn nicht trage. Ich habe ihn wohl auf dem Nachttisch liegen gelassen. Als ich mich umdrehe, um ihn zu holen, schlägt die Tür zu und sperrt mich aus.

Ein plötzlicher, kalter Luftzug weht durch den Gang, sodass ich ein Frösteln unterdrücken muss.

»Cassidy …«

Mein Name ist nur ein leises Flüstern aus weiter Ferne, aber ich kenne die Stimme.

»Jacob?«, rufe ich leise.

»Cassidy …«, ruft er erneut. Seine Stimme kommt von unten. Irgendetwas stürzt laut polternd um, und ich renne zur Treppe, weil ich sicher bin, dass der Poltergeist Jacob hat und er in Gefahr ist.

Halte durch, Jacob, denke ich und haste die Treppe hinunter. *Halte durch, halte durch!*

Sie haben keine Skrupel, Menschen zu verletzen, hat Lara gesagt.

Halte durch!

Die Temperatur sinkt mit jedem Schritt.

Im ersten Stock ist mir kalt.

Im Erdgeschoss zittere ich.

»Jacob?«, rufe ich wieder. Mein Atem steht als Wolke vor meinem Mund, als ich die Lobby erreiche und auf dem glatten Marmorfußboden ausrutsche. Ich rapple mich wieder hoch, bereit, zu kämpfen, bereit, meinen besten Freund zu retten …

Aber da ist niemand.

Kein Poltergeist, der ihn angreift, nur Jacob, der mitten in der Lobby auf dem Boden kniet. Er hat den Kopf in die Hände gestützt und um ihn herum ist alles im Aufruhr. Der Kronleuchter wackelt und die Gemälde schwanken, ein Stuhl scharrt über den Boden, und ich erkenne entsetzt, dass das alles von *ihm* ausgeht.

»Jacob!«, versuche ich das Tosen zu übertönen. »Kannst du mich hören?«

Er stößt ein leises Stöhnen aus. »Was passiert mit mir?«, fragt er mit seltsam hohler Stimme. »Cassidy …«

Er bricht ab und aus seiner Kleidung und seiner Haut weicht alle Farbe. Wasser tropft aus seinen Haaren und seiner Jeans und sammelt sich um ihn herum auf dem Boden, bis er genauso aussieht, wie ich ihn einmal in einem Spiegel gesehen habe.

Er sieht grau und nass und verloren aus.

Er sieht *tot* aus.

Nein. Nein. Nein.

»Cassidy!«, ruft wieder jemand, doch diesmal ist es nicht Jacob.

Es ist Lara.

Sie steht hinter der Rezeption und versucht, sich gegen das Chaos zu behaupten. Ihr schwarzer Zopf flattert im Wind. Lara, die immer eine Antwort hat, die immer weiß, was zu tun ist. Doch sie sieht nicht ängstlich aus. Sie ist wütend.

»Ich habe dich ja gewarnt, dass das passieren würde!«, schreit sie gegen Jacobs Wirbelwind an. »Ich habe dir ja gesagt, dass er stärker wird.«

Ich ducke mich, als eine Vase über meinen Kopf saust und an einer Säule zersplittert. Scherben und Blumen rieseln herab, erreichen jedoch nicht einmal den Boden, bevor sie weggewirbelt werden.

»Cass!«, schreit Lara, während das Chaos in der Lobby seinen schrillen, heulenden Höhepunkt findet. »Du musst ihn weiterschicken!«

Aber das kann ich nicht. Ich will nicht. Es muss einen anderen Weg geben.

Jacob hat sich im Zentrum des Sturms zusammengerollt. Ich versuche, ihm näher zu kommen, seine Hand zu nehmen und ihn von diesem schrecklichen Ort wegzuzerren. Ich kann ihn retten. Ich weiß, dass ich es kann, wenn ich nur an ihn herankomme. Doch der Wirbelwind um ihn herum ist zu stark, er reißt mich zurück und lässt mich gegen eine Marmorsäule prallen und …

Keuchend fahre ich hoch.

Es war nur ein böser Traum.

»Du benimmst dich komisch«, stellt Jacob am nächsten Morgen fest.

Er sieht wieder wie der alte Jacob aus. Kein geisterbleiches Gesicht, kein leerer Blick, keine Pfütze zu seinen Füßen, nur mein bester Freund in all seinem durchsichtigen Glanz. Ich wünschte, ich könnte ihn umarmen. Stattdessen strenge ich mich an, meine Gedanken zurückzudrängen und bin dankbar, dass er meine Träume nicht genauso lesen kann wie meine Gedanken.

»Ich bin nur müde«, sage ich, als wir aus der Metro steigen.

Ehrlich gesagt fing auch der Morgen nicht gerade gut an.

Beim Frühstück bin ich fast vom Stuhl gekippt, als eine Kaffeekanne zu Boden fiel. Das war keine Geisteraktivität, nur ein Kellner mit glitschigen Fingern. Ich weiß, dass nicht alles gleich auf Gefahr hindeutet, aber es macht mich trotzdem nervös.

Ich habe versucht, das Gefühl zu ignorieren, doch es wurde immer schlimmer. Als wir das Hotel verließen, ging irgendwo in der Straße die Alarmanlage eines Autos los. Und dann noch eine und noch eine, das Hupen und Blinken hat sich wie eine Reihe umfallender Dominosteine die ganze Straße runter fortgesetzt.

»Sind wir heute Morgen ein wenig nervös?«, hat mich Dad gefragt und mir auf die Schulter geklopft, als ich mich auf dem belebten Gehweg danach umsah, was wohl den ersten Alarm ausgelöst haben könnte. Ich habe sogar daran gedacht, hinter dem Schleier nachzusehen, aber das konnte ich natürlich nicht einfach so vor meinen Eltern, Pauline und der Filmcrew tun.

Jetzt betreten wir einen Friedhof und die Temperatur fällt.

»Du wirst dich doch wohl nicht erkälten?«, erkundigt sich meine Mum, als sie sieht, wie ich fröstelnd mein Sweatshirt enger um mich schlinge.

»Vielleicht«, antworte ich, schiebe die Hände in die Hosentaschen und umklammere meinen Spiegelanhänger. Meine Nerven sind so angespannt, dass sie …

Vor uns kracht ein Ast auf den Pfad.

Mum zuckt zusammen und zieht mich zurück.

»Das war knapp«, meint sie und betrachtet den Ast.

»Viel zu knapp«, murmle ich.

Was hat Lara gesagt? Erst Unfug, dann Unfälle, dann Unheil, dann Bedrohung, dann Verwüstung.

Ich muss die Sache in den Griff kriegen, bevor sie eskaliert.

Und ein Friedhof scheint mir ein guter Ort zu sein, um damit anzufangen.

Ich betrachte das große Blatt Papier in Mums Händen.

»Was für ein Friedhof braucht denn eine Karte?«

Mum strahlt mich an. »Ein sehr, sehr großer.«

Wie sich herausstellt, ist das eine unglaubliche Untertreibung.

Père Lachaise ist eine Stadt in der Stadt. Es gibt sogar Straßenschilder, Blöcke und Bezirke. Zwischen den Gräbern ziehen sich gewundene Pfade entlang. Manche Gräber sind flach wie steinerne Särge, andere ragen wie kleine Häuser nebeneinander auf. Manche Krypten sind neu und andere alt, einige verschlossen und andere stehen offen. Gelegentlich drohen die Wurzeln alter Bäume die Gräber aufzuwerfen.

Hier gibt es keinen Zorn.

Nur eine schwache Welle von Trauer und Verlust.

»Cass«, warnt Mum. »Lauf nicht weg, ja?«

Zum ersten Mal kommt mir das nicht wie eine unnötige Warnung vor. Das Gelände hier ist so riesig, dass man sich wohl leicht verlaufen könnte. Aber das heißt auch, dass es meinen Eltern nicht gleich auffallen würde, wenn ich mich wegschleiche.

Mit jedem Schritt lasse ich mich ein wenig weiter zurückfallen und bleibe schließlich zwischen den Grabsteinen stehen.

Wo würde ich mich verstecken, wenn ich ein Poltergeist wäre?

»Komm her, Geisti-geisti!«, lockt Jacob.

Ich sehe ihn oben auf einem großen steinernen Engel sitzen. Er lässt ein Bein baumeln, das andere hat er angezogen und stützt den Kopf auf das Knie. Als ich die Kamera hebe, um ein Bild zu machen, nimmt er eine nachdenkliche Pose ein und lässt den Blick über den Friedhof schweifen.

Die Kamera klickt, und ich frage mich, ob er auf dem Film zu sehen sein wird.

Es gab eine Zeit, da wusste ich, dass das nicht der Fall sein wird. Jetzt bin ich mir nicht mehr ganz so sicher. Ich muss an das letzte Foto aus Edinburgh denken, das ich in meiner Kameratasche aufbewahre. Darauf stehen Jacob und ich auf verschiedenen Seiten einer Glasscheibe. Ich im Laden und er auf der Straße, und wir sehen uns an.

Er ist nicht wirklich zu sehen.

Andererseits ist er auch nicht *nicht* da.

Es ist möglicherweise nur eine optische Täuschung oder ein Lichtreflex.

Aber das glaube ich nicht.

So starke Geister haben in unserer Welt nichts zu suchen.

Laras Warnung verschmilzt mit ihren Worten aus meinem Albtraum.

Du musst ihn weiterschicken.

Jacob räuspert sich.

»Nun«, stellt er fest und springt von seinem Sitz herunter. »Kein Poltergeist.«

»Nein«, sage ich und sehe mich um. »Nicht hier …«

»Mir gefällt nicht, wie du das sagst«, meint er stirnrunzelnd.

Mum und Dad nehmen vor einer Krypta Aufstellung und Anton und Annette machen ihre Kameras bereit. Ich sehe meine Chance gekommen und umklammere den Spiegel in meiner Tasche fester.

»Komm«, flüstere ich und greife nach dem Schleier. »Wenn der Poltergeist nicht zu uns kommen will, gehen wir eben zu ihm.«

Kapitel 10

Innerhalb eines Wimpernschlags falle ich vom Hier ins Nichts und zurück.

Meine Füße landen wieder auf dem Kopfsteinpflaster des Friedhofpfades und vor mir liegt Père Lachaise als Geisterbild seiner selbst. Um meine Beine wabern Nebelfetzen und der Friedhof breitet sich groß und grau und gespenstisch still um mich herum aus. Ich ziehe den Spiegel aus der Tasche und schlinge mir die Kordel um das Handgelenk, als Jacob neben mir auftaucht. Er sieht sich um und rümpft ein wenig die Nase.

»Was ist das nur mit Friedhöfen und Nebel?«, fragt er und tritt nach den Wölkchen zu unseren Füßen.

»Zehn Punkte für die Atmosphäre«, sage ich.

In der Nähe knarrt die Tür zu einer Gruft lose in den Angeln. Ein Stück weiter hebt krächzend eine Krähe ab.

»Ich nehme die gruseligen Halloween-Geräusche für Zweihundert«, meint Jacob.

Doch bei all der stimmungsvollen Atmosphäre ist es hier sehr ruhig.

Auf Friedhöfen spukt es gar nicht so sehr, wie man vermuten würde. Sicher gibt es hier und da ein paar Geister, aber die meisten ruhelosen Seelen sind an den Ort gebunden, an dem sie gestorben sind, nicht an den, wo sie begraben wurden.

Es sollte also nicht so schwer werden, unseren speziellen ruhelosen Geist zu finden.

Sofern er gefunden werden will.

»Und wenn nicht?«, fragt Jacob.

Gute Frage.

Wie lockt man einen Poltergeist aus seinem Versteck?

»Wenn wir ihn einfach ignorieren, verliert er vielleicht das Interesse und geht weg.«

»Der ist keine *Biene*, Jacob. Und du hast Lara doch gehört. Je länger der Poltergeist frei ist, desto mehr Unheil wird er anrichten. Das ist an sich schon schlimm genug und noch schlimmer, weil dieser besondere Geist es darauf abgesehen hat, ausgerechnet *uns* zu ärgern.«

Ich sehe mich um.

»Hallo?«, rufe ich und halte den Spiegelanhänger fester.

»Was glaubst du, wie ein Poltergeist aussieht?«, flüstert Jacob. »Ist er menschlich? Ein Monster? Ein Krake?«

»Ein Krake?«

Jacob zuckt mit den Achseln. »Mehr Arme, mehr Unh…«

Mit einem Satz springe ich auf ihn zu und lege ihm die Hand auf den Mund. Verwundert zieht er die Brauen hoch.

Ich habe etwas gehört.

Wir bleiben völlig still und starr stehen. Und da ist es wieder.

Eine Kinderstimme.

»Un … deux … trois …«, zählt sie singend.

Auf dem Friedhof breitet sich ein sanftes rotes Licht aus und ein kalter Windhauch streicht über meine Haut.

Ich höre raschelnde Schritte und kleine Füße auf dem Pfad. Als ich mich umdrehe, sehe ich gerade noch einen Schatten zwischen den Gruften verschwinden.

»… quatre … cinq …«, fährt die Stimme fort, und ich wünschte, ich könnte Französisch sprechen.

»Komm her!«, rufe ich. »Ich möchte nur mit dir reden!«

»… sept …«, erklingt die Stimme wieder, dieses Mal hinter mir.

Ich wirble herum, kann aber niemanden entdecken, nur Grabsteine.

»… huit …« Die Stimme wird leiser und entschwindet und nimmt das seltsame rote Leuchten mit.

»Ganz schön schüchtern für einen Geist«, findet Jacob.

Ich kaue auf meiner Lippe. Er hat recht. Bei all den Streichen, die uns der Poltergeist gespielt hat, habe ich kaum einen Blick auf ihn erhascht. Und wenn ich diesen Geist fangen will, muss er in meine Nähe kommen.

»Und wie genau willst du das anstellen?«, fragt Jacob. »Hast du irgendwo einen Poltergeistköder versteckt?«

Ich reibe mir die Schläfen. Was hat Lara gesagt?

Sie leben davon, Unheil anzurichten. Einem Streiche zu spielen.

Okay. Dann muss ich dem Geist also eine Gelegenheit dazu bieten. Ich sehe mir die Grabmonumente an, von denen einige so groß wie Häuser sind.

Jacob liest meine Gedanken und sagt dann: »Nein!«

»Das ist eine ganz blöde Idee«, sagt Jacob, als ich auf das Grabmonument klettere.

»Das sagst du immer.«

Ich sehe nach unten und stelle fest, dass ich kaum einen Meter über dem Boden bin. Das reicht nicht. Ich greife nach der Verzierung an der Wand des nächsten Grabes und klettere höher.

»Ja, und normalerweise habe ich recht«, ruft Jacob. »Das sollte dir etwas über deine Ideen verraten!«

Meine Schuhe gleiten an der Wand des Grabgebäudes ab, doch schließlich gelange ich nach oben und richte mich auf, um auf dem Dachgiebel zu balancieren. Von dort aus überblicke ich den Friedhof.

»Komm raus, komm raus, wo immer du auch bist!«, rufe ich.

Nichts passiert.

Ich zwinge mich, auf dem spitzen Giebel entlangzulaufen, näher an den Rand. Mit angehaltenem Atem warte ich.

»Na gut«, sagt Jacob seufzend und tritt von einem Fuß auf den anderen. »Du hast dein Bestes gegeben. Dann kommst du jetzt wohl am besten wieder runter und …« Er bricht ab, als die Stimme wiederkehrt, dieses Mal *viel* näher.

»… dix.«

Ein kalter Hauch streift meine Haut und hinter mir rutscht ein Ziegel vom Dach und zersplittert auf einem Grabstein. Das Geräusch lässt eine Schar Geisterkrähen aufsteigen, und als ich mich umwende, sehe ich ihn etwa zehn Schritte entfernt auf einem Grabstein stehen.

Den Poltergeist.

Ich weiß nicht, was ich erwartet habe.

Vielleicht ein Monster. Eine Schattengestalt von mindestens zwei Metern mit Zähnen und Klauen.

Aber es ist nur ein Junge.

Ein kleiner Junge, vielleicht sechs oder sieben, mit braunen Locken und einem runden, schmutzigen Gesicht. Er trägt altmodische Kleidung, bestehend aus einem zugeknöpften Hemd und einer Hose, die sich um seine knochigen Knie bauscht. Seine Konturen flackern ein wenig, als wäre er nicht ganz hier. Doch am stärksten fallen mir seine Augen auf.

Sie sind nicht braun oder blau, sondern *rot*.

Sie leuchten wie glühende Kohlen oder so wie eine Taschenlampe, wenn man sie an die Handfläche hält. Es ist ein glühendes Rot, das die Gräber, Gruften und den Nebel um uns herum zum Leuchten bringt.

»Hab dich«, sage ich und der Junge lächelt mich an, bevor er sich *bewegt*. Nicht so, wie sich ein Junge bewegen sollte, einen Fuß vor den anderen. Nein, es scheint, als wäre er nicht an die Gesetze dieses Ortes gebunden, denn in einem Wimpernschlag bewegt er sich ruckartig vorwärts. Eben stand er noch auf einem Mausoleum zehn Schritte entfernt, jetzt steht er einen halben Meter vor mir auf dem Dach des Grabmonuments.

»Jetzt!«, drängt Jacob und meine Hand schießt hoch und hält dem Jungen den Spiegelanhänger vors Gesicht.

Seine roten Augen weiten sich erstaunt, als er im Glas sein Spiegelbild sieht und sich darin verliert.

»Sieh und höre«, zitiere ich. »Schau hin und erkenne. Das ist, was du bist.«

Ich greife nach dem Faden in seiner Brust, doch meine Hand kann sein Hemd nicht durchdringen. Er ist immer noch solide, jedenfalls so solide, wie ein

Geist es eben sein kann. Ich räuspere mich und fasse den Spiegel fester, während ich erneut beginne.

»Sieh und höre«, sage ich möglichst eindringlich. »Schau hin und …«

Doch der Junge runzelt die Stirn, und sein Blick gleitet vom Spiegel zu meinem Gesicht, als hätte das Medaillon überhaupt keine Macht über ihn.

Das ist nicht möglich, denke ich.

Und dann schubst er mich vom Dach.

TEIL DREI

Unfälle

Kapitel 11

Wenn man stürzt, gibt es am Anfang diesen Moment, in dem man sich einbildet, dass alles doch noch gut gehen könnte.

Vielleicht finde ich mein Gleichgewicht wieder. Vielleicht hält mich jemand fest. Vielleicht lande ich weich.

In diesem Fall geschieht nichts davon.

Ich falle und irgendwo auf dem Weg vom Dachrand zum Boden gleite ich durch den Schleier zurück und lande neben dem Grabmonument hart auf dem Boden. Der Aufprall nimmt mir den Atem und lässt einen scharfen Schmerz durch meinen rechten Arm schießen. Einen Moment sehe ich nur Sternchen und hoffe, dass ich mir nichts gebrochen habe.

Jacob erscheint neben mir und beugt sich über mich. Er ist so besorgt, dass seine ersten Worte nicht »Hab ich's dir doch gesagt« sind, sondern »Geht es dir gut?«.

Benommen setze ich mich auf und bin dankbar, dass mein Kopf nicht die scharfe Kante des Grabsteins neben mir getroffen hat. In meinem Ellbogen summt es und meine Fingerspitzen kribbeln, aber soweit ich das feststellen kann, ist nichts gebrochen, nicht mal an meiner Kamera.

Ein kleines Wunder.

Ich ächze und wünsche mir, dass Jacob solide genug wäre, um mir auf die Füße zu helfen. So muss ich allein aufstehen und reibe mir den Arm.

»Also«, sagt Jacob und sieht zur Gruft hinauf. »Was ist da oben gerade passiert?«

Auch ich sehe hoch und kann für einen Moment noch den Umriss des Jungen sehen, einen schwachen Abglanz des Poltergeists, der vom Dach aus finster auf mich herunter starrt. Es ist wie das Nachbild eines Blitzes vor meinem Auge, doch als ich blinzle, ist es fort.

»Der Spiegel hat nicht gewirkt.«

»Warum nicht?«, forscht Jacob. »Ist er kaputt? Oder beschlagen oder so?«

Ich sehe nach, doch mein eigenes Spiegelbild sieht mir entgegen, scharf, klar und … verwirrt.

»Was ist mit den Worten?«, will Jacob wissen. »Hast du sie richtig gesagt?«

Habe ich. Ich habe alles richtig gemacht.

Warum also hat es nicht funktioniert?

Ich hänge mir die Kette um den Hals und stecke

den Anhänger in meinen Ausschnitt. Und dann tue ich das Einzige, was mir jetzt einfällt.

Ich rufe Lara an.

»Warte, warte, mal ganz langsam«, verlangt sie. Sobald sie ans Telefon gegangen ist, haben Jacob und ich überstürzt durcheinandergeredet. »Was soll das heißen, der Spiegel hat nicht gewirkt?«

Ich gehe schneller und sehe mich dabei nach meinen Eltern um. »Ich meine damit, dass er *nicht gewirkt* hat.«

Irgendwo rechts erklingen Stimmen. Mum und Dad.

»Na, dann hast du irgendetwas falsch gemacht«, meint Lara. Ich entdecke meine Eltern an einem der verzweigten Pfade, wie sie vor einem Grabstein etwas erzählen und dabei von Anton und Annette gefilmt werden.

»Ich habe alles so gemacht, wie du es gesagt hast«, gebe ich zurück. Pauline sieht mich über die Schulter hinweg an und hebt mahnend einen schlanken, manikürten Zeigefinger an die Lippen. »Ich habe den Poltergeist angelockt«, erzähle ich leiser. »Ich habe den Spiegel hochgehalten und die Worte gesagt und dann hat er einfach *aufgesehen*. In mein Gesicht.«

»Und dann hat er sie vom Dach geschubst!«, wirft Jacob ein.

»Was hast du denn auf einem Dach gemacht?«, will Lara wissen.

»Ist doch egal«, zische ich und reibe mir den Arm, der immer noch weh tut. »Nicht egal ist allerdings, dass der Poltergeist immer noch frei rumspukt und dass er offenbar *immun gegen Spiegel ist.*«

Lara stößt hörbar den Atem aus, und ich kann förmlich hören, wie sie sich in den Nasenrücken kneift.

»Na gut, okay«, sagt sie leise, offenbar mehr zu sich selbst als zu mir. »Ich rede mit Onkel Weathershire und rufe dich dann zurück. Und du hältst dich so lange vom Schleier fern und passt auf dich auf!«

Wie aufs Stichwort bröckelt ein Stück von einem hohen Grabstein in der Nähe der Filmcrew ab. Anton springt aus dem Weg und fällt beinahe durch die offene Glastür einer Gruft.

Jacob und ich sehen uns an und sagen dann beide gleichzeitig zu Lara: »Beeil dich!«

»Mach schon, Lara«, murmle ich und schlage das Telefon gegen meine Handfläche.

Es ist jetzt schon eine Stunde vergangen und sie hat immer noch nicht zurückgerufen.

Die Crew ist mit dem Dreh auf Père Lachaise fertig und wir gehen zur Metro. Ich halte den Atem an, als wir zum Bahnsteig hinuntergehen. Ich erwarte jeden Moment, dass etwas passiert, und hoffe gleichzeitig, dass nichts geschieht. Im Zug ist es stickig, aber ich lüge Mum an und sage ihr, dass ich friere. Deshalb gibt sie mir den Pulli, den sie immer in ihrer Tasche dabeihat. Ich wickle ihn fest um mich, obwohl ich unter den ganzen Stoffschichten schwitze.

»Was genau soll das werden?«, erkundigt sich Jacob, während sich meine Wangen vor Hitze röten.

Bislang ist die einzige Warnung, dass der Poltergeist in der Nähe ist, die Kälte, die ich spüre. Ich will sichergehen, dass ich das auch merke.

»Du mutierst jetzt also zu einem Geisterthermometer.«

Ich ziehe mir die Ärmel über die Hände. *Im Prinzip ja.*

Als die Lichter im Waggon flackern, falle ich vor Schreck fast vom Sitz. Aber ich spüre keinen Kälteschock, kein Frösteln, und gleich darauf geht das Licht wieder an.

»Das passiert bei den alten Zügen manchmal«, meint Mum und rückt näher. »Aber keine Angst, ich glaube nicht, dass dieser Waggon verhext ist.«

Das sagt sie so leichthin, aber mir verkrampft sich der Magen, denn es erinnert mich daran, dass der Poltergeist nicht das Einzige ist, was mir Sorgen machen sollte. Der Schleier umwabert mich immer noch auf allen Seiten, bereit, mich hinüberzuziehen, sobald ich einen Moment lang nicht aufpasse. Jacob rückt näher, bis sich unsere Schultern fast berühren.

»Nicht, solange ich da bin«, versichert er mir.

An der Station Opéra steigen wir aus und stehen kurz darauf vor einem gigantischen Steinhaus mit mehr Stuck als an einer Hochzeitstorte. Dad sagt, das sei das Palais Garnier. Die Pariser Oper.

»Ich dachte, das *Phantom der Oper* ist nur eine Broadway-Show«, sage ich.

»Ist es ja auch«, bestätigt Dad.

»Aber du sagst, dass es hier wirklich ein Phantom gibt?«

»Ich sage, dass es eine *Geschichte* gibt.«

»Die meisten Geschichten beruhen auf *irgendetwas*«, sagt Mum und sieht nach oben.

Wir gehen hinein. Die gesamte Balustrade ist aus Marmor und die grau-weißen Steinwirbel werden nur von riesigen Kronleuchtern unterbrochen. Die Treppe sieht aus wie in Hogwarts und schwingt sich in zwei großen Flügeln nach rechts und links oben, als ginge es da zu den Wohnräumen. Als wir den Saal betreten, stößt Jacob einen anerkennenden Pfiff aus. Hier ist alles voll roter Samtsessel und Logen und alles ist vergoldet.

Mum, Dad und Pauline gehen mit der Filmcrew in die Räume unter der Opernbühne. Ich beschließe, dieses Mal nicht mitzugehen, und lasse mich mit den Makronen vom Vortag auf einem der Samtsitze nieder. Dad wirft mir noch einen warnenden »Bleib, wo du bist«-Blick zu, bevor sie den Gang hinuntergehen.

Ich sehe den Bühnenarbeitern zu, wie sie ein paar Szenenelemente umräumen. Dabei erhasche ich einen Blick auf die unfertigen Teile, die Kabel und Seile und die Unterseiten. Doch schon bald fügen die Teile sich zu etwas zusammen, das aussieht wie die Fassade eines Landhauses.

»Das ist schön«, findet Jacob, der neben mir sitzt. »Wir sollten so was öfter tun, solche Nicht-Geistersuche-Sachen.«

»Wir suchen nicht *nicht* nach Geistern«, sage ich nachdenklich.

Jeder Hammerschlag eines Bühnenarbeiters, jedes Kratzen von Holz, jedes Knarren und Ächzen macht mich nervös.

Als mein Handy klingelt, erschrecke ich und stoße mir das Knie an der Armlehne meines Sitzes.

»Ay«, jaule ich und reibe mir das Bein.

»Das Ei oder die Henne?«, sagt Lara.

»Was?«

»Nichts, ist nur so eine Redensart. Kannst du sprechen? Wo bist du?«

»In der Oper.«

»Oh, hast du das Phantom gesehen? Eigentlich gibt es sogar mehrere davon. Mein Onkel hat gesagt, ich soll sie in Ruhe lassen – schließlich machen sie keinen Ärger und offensichtlich beleben ein paar Geister das Geschäft. Ich weiß nicht recht, ob ich ihm da zustimme, aber ich dachte, die Phantome können auch bis zu meinem nächsten Schulausflug nach Paris warten.«

Jacob räuspert sich.

»Wie dem auch sei«, fährt Lara fort, »willst du erst die schlechte Nachricht hören oder die schlechte?«

»Ich glaube, der Spruch geht anders«, kommentiert Jacob.

»Tja, jetzt geht er so. Denn wir – beziehungsweise du – hast ein ganz großes Problem.«

»Na toll«, sage ich. Davon scheine ich ja noch nicht genug zu haben. »Möchtest du das eventuell weiter ausführen?«

Lara räuspert sich. »Erinnerst du dich noch daran, dass ich gesagt habe, Poltergeister seien stärker als normale Geister, weil sie nicht an den Schleier gebunden sind?«

»Ja.«

»Und wie du ja schon weißt, ist der Schleier so gemacht, dass er zu dem Geist und dem Ort, an dem er gestorben ist, passt, was bedeutet, dass er im Grunde an die Erinnerung des Geistes gebunden ist. Wenn ein Poltergeist also nicht an den Schleier gebunden ist, dann weil …«

»… weil er sich nicht an seinen Tod erinnert«, schlussfolgere ich.

Lara stößt den Atem aus. »Genau. Deshalb kann der Spiegel ihn nicht aufhalten. Das Spiegelbild wirkt bei den Geistern nur, weil es ihnen zeigt, was sie eigentlich wissen, nur noch nicht akzeptiert haben.«

Sieh und höre. Schau hin und erkenne. Das ist, was du bist.

»Doch wenn man dir etwas zeigt, an das du dich gar nicht erinnerst«, fährt Lara fort, »kann es nicht dieselbe Wirkung haben.«

»Aber wenn der Spiegel nicht wirkt, wie sollen wir ihn dann aufhalten?«, fragt Jacob.

»Er funktioniert nicht, weil der Geist sich nicht daran erinnert, wer er war«, antwortet Lara. »Und das heißt, dass ihr ihn daran erinnern müsst.«

»Und wie sollen wir das anstellen?«, will ich wissen. »Wir haben schließlich keinen blassen Schimmer, wer er ist – oder war.«

»Nun«, meint Lara, »was wisst ihr denn schon über ihn?«

»Nichts«, zische ich aufgebracht.

»Mach dich nicht lächerlich. Du hast ihn doch *gesehen*, oder? Wie sieht er aus?«

Ich schließe die Augen und versuche, mir das einzige deutliche Bild von ihm in Erinnerung zu rufen, als ich ihn oben auf der Gruft gesehen habe.

»Er war klein, er ging mir nur bis zur Schulter.«

»Er ist also sehr jung.«

»Genau, und er hatte braunes Haar und altmodische Kleider.«

»Wie altmodisch?«

»Keine Ahnung«, antworte ich. »So welche mit Knöpfen.«

Lara seufzt ergeben. »Pass das nächste Mal gefälligst besser auf. Jedes Detail ist hilfreich. Wie er aussieht, wann er angefangen hat, dich zu verfolgen, was er gesagt hat …«

»Moment mal«, wirft Jacob ein. »Er hat doch etwas gesagt. Erinnerst du dich, Cass …?« Er bricht ab und versucht, die Worte zu wiederholen. »*Ong, dö, troa* und so was wie *katzink* …«, zählt er auf und fügt hinzu: »Und das letzte Wort war definitiv *›diss‹*.«

»Gut gemacht, Geist«, muss Lara widerwillig zugeben. »Na, das ist interessant.«

»Weißt du, was das bedeutet?«, frage ich.

»Er hat gezählt«, sagt Lara. »*Un, deux, trois, quatre, cinq, six, sept, huit, neuf, dix*. Das ist eins bis zehn auf Französisch.« Sie senkt die Stimme, als würde sie mehr mit sich selbst reden. »Aber warum zählt er vorwärts und nicht rückwärts?«

»Du sprichst Französisch?«, werfe ich ein.

»Natürlich«, erklärt Lara. »Und Deutsch. In der Schule müssen wir zwei Fremdsprachen lernen. Dank meines Vaters spreche ich auch ein bisschen Punjabi. Meine Eltern sagen, Sprachen sind die wertvollste Währung. Sprichst du denn keine andere Sprache?«

»Ich weiß, wie man auf Spanisch nach dem Klo fragt«, wirft Jacob ein.

»Hm.« Ich kaue auf meiner Unterlippe. »Ich habe mir alle Zaubersprüche aus Harry Potter gemerkt. Und ich kann mit Geistern reden«, füge ich mit einem Blick auf Jacob hinzu.

»Offensichtlich nicht«, entgegnet Lara. »Sonst

bräuchtest du nicht ständig mich als Übersetzerin. Also, bis wir herausgefunden haben, wer dieser Poltergeist ist – oder war –, hast du keine Chance, gegen ihn zu gewinnen.«

»Vielen Dank für das Vertrauen«, murmle ich, als die Filmcrew, angeführt von Mum und Dad, wieder im Saal auftaucht. Anton und Annette folgen ihnen mit den geschulterten Kameras und steuern auf die Bühne zu. Sie drehen die Zusatzaufnahmen, die später mit einem gesprochenen Kommentar aus dem Off die Szenen einleiten.

»Ich schlage vor, du fängst damit an, herauszufinden, woher er kommt und wie er gestorben ist«, sagt Lara. »Ruf mich an, wenn du klare Hinweise hast. Und, Cassidy …«

»Ja, ja, ich weiß schon. Sei vorsichtig.«

Wir legen beide auf, und ich stehe auf und stapfe zwischen den Sitzreihen hindurch, während ich mir Laras Worte durch den Kopf gehen lasse.

»He, Jacob«, sage ich, »du erinnerst dich doch, oder?«

Sein Gesicht verdüstert sich ein wenig. »Ich erinnere mich an was?«

Ich schlucke. »Wer du warst – vorher. Wie du …« Ich spreche es nicht aus, sondern denke es nur. *Gestorben bist.* Jacobs Gesicht macht dicht wie eine Jalousie und alle Farbe und aller Humor weichen urplötzlich daraus.

»Im Ernst?«

»Ich frage ja nur.«

»Ich bin kein Poltergeist, Cassidy«, regt er sich auf und die Haare um sein Gesicht stellen sich auf.

Plötzlich zittere ich vor Kälte und einen Moment lang glaube ich, dass sie von ihm kommt, doch da bricht auf einmal etwas auf der Bühne und ein großes Stück der Kulisse fällt langsam um.

Genau auf meine Eltern.

Kapitel 12

Achtung!«, schreie ich und renne los.

»Warte, Cass!«, ruft Jacob, als ich über einen Sitz springe und den Gang entlangrase.

Mum und Dad sehen erst zu mir und dann nach oben, und ihre Augen weiten sich vor Schreck, als die hölzerne Kulisse auf sie zukippt. Auf der Bühne werden Rufe laut, und ich ramme meine Eltern, in der Hoffnung, sie aus dem Weg zu stoßen, doch in letzter Sekunde hält das große Kulissenstück plötzlich an. Einen halben Meter über unseren Köpfen bleibt es an einem halben Dutzend straff gespannter Seile und Kabel hängen.

»Désolé!«, ruft ein Bühnenarbeiter. Pauline schüttelt nur den Kopf und antwortet wütend in schnellem Französisch.

Diese Tirade dauert mehrere Sekunden, bevor sie sich immer noch kopfschüttelnd wieder an uns wendet. »Theater!«

Mum lacht erleichtert auf und Dad klopft mir auf die Schulter. Ich sehe wohl genauso erschrocken aus, wie ich mich fühle, denn er beruhigt mich und sagt: »Schon gut, Cass, niemandem ist etwas passiert.«

»Deshalb verwendet man immer mehr als ein Seil«, fügt Mum hinzu.

Aber als ich mit meinen Eltern raus auf die Straße gehe, hämmert mein Herz immer noch wie wild. Sie hätten verletzt werden können. Sie hätten tot sein können!

Ich muss schlucken. Wenigstens eine Sache weiß ich: Der Poltergeist ist hinter *mir* her, nicht hinter meinen Eltern. Wenn wir uns trennen, sind zumindest *sie* nicht in Gefahr.

»Nur wir sind mittendrin«, bemerkt Jacob und deutet auf meine Eltern: »Wie willst du es überhaupt anstellen, den beiden Inspecters zu entkommen?«

Gute Frage.

Ich überlege fieberhaft. Als wir kurz darauf um die nächste Ecke biegen, sehe ich ein Kino vor uns und werde langsamer.

Mir kommt eine Idee.

Die meisten Filme sind natürlich auf Französisch. Die einzigen englischen sind ein Horrorfilm – nein danke – und der andere ist eine Teenie-Komödie, eine dieser belanglosen Feel-Good-Geschichten. Auf dem Plakat ist ein Mädchen mit Denkblasen über ihrem Kopf zu sehen, in denen ein ganzer Haufen Jungen stecken.

Und die nächste Vorstellung beginnt in zehn Minuten.

Bewundernd bleibe ich vor dem Plakat stehen. »Den wollte ich immer schon mal sehen«, murmle ich halblaut vor mich hin.

Mum legt mir den Arm um die Schultern. »Seit wann magst du denn romantische Komödien?«

Ich zucke mit den Achseln. »Ich weiß nicht. Lara hat mir davon erzählt.« Hat sie natürlich nicht, aber es ist eine relativ unschuldige Lüge. »Sieht lustig aus. Vielleicht bin ich einfach ein bisschen *entgeistert*. Schließlich sollen das hier meine Sommerferien sein. Und Paris ist ganz toll, nur – ich würde gern mal wieder etwas Normales machen.« Ich deute auf die Spielzeiten. »Der Film läuft sogar jetzt gleich.« Ich sehe zu Mum hoch. »Darf ich? Ihr könnt mich ja später wieder abholen.«

Mum schmollt. »Aber wir wollen in die Rue des Chantres! Das willst du doch sicher nicht verpassen, oder?«

Ich beiße mir auf die Lippen und lasse die Schultern hängen. »Nein, natürlich nicht.«

Jacob klatscht ob meiner oscarreifen Leistung in die Hände. Mum und Dad sehen sich an und wechseln leise ein paar Worte, bevor Mum nickt und sagt: »Okay.«

Ich umarme sie. »Danke!«

Dad kauft mir eine Karte und gibt mir sogar Geld für Popcorn und einen Softdrink.

»Wir sind zurück, bevor der Film zu Ende ist«, verspricht er und deutet auf den Gehweg. »Genau hier.«

Ich winke ihnen zu und gehe hinein, kaufe mir am Tresen etwas zu essen und lasse meine Karte einreißen. Der Junge deutet auf das erste Kino auf der linken Seite und Jacob und ich gehen in den dunklen Saal.

»Ein Film«, sagt Jacob, als er sich in den Sitz sinken lässt. »Das ist ja mal eine nette Abwechslung.«

Ich nehme einen Schluck Wasser, sehe auf mein Handy und warte erst eine und dann noch eine Minute ab. Dann stelle ich den Timer auf zwei Stunden.

Jacob sieht mir zu. »Wir bleiben nicht, um uns den Film anzusehen, oder?«

Ich stehe auf und lasse das Popcorn auf dem Boden stehen. »Nein.«

Jacob seufzt. »Ich wünschte, wir würden nur einmal was Normales machen.«

Ich stoße die Tür mit dem EXIT-Schild auf und wir schleichen uns hinaus auf die Straßen von Paris.

»Wo bliebe denn da der Spaß?«

Paris ist eine große Stadt, und als wir auf der Straße stehen, an der sich die Häuser bis weit in die Ferne erstrecken, scheinen mir zwei Stunden plötzlich nicht mehr sehr viel Zeit zu sein.

»Zeit für was?«, fragt Jacob, der aus meinen verworrenen Gedanken ausnahmsweise mal nicht schlau wird.

Ich kann es ihm nicht verdenken. In meinem Kopf wirbelt alles herum, was ich weiß, und auch alles, was ich *nicht* weiß.

Ich muss den Poltergeist daran erinnern, wer er ist – oder war.

Dazu muss ich herausfinden, wer er ist – oder war.

Dazu muss ich erst mal mehr über ihn wissen.

Dazu …

Ich hole tief Luft, greife nach dem Schleier und ziehe ihn beiseite, noch bevor Jacob protestieren kann.

Ich verlasse diese Welt und nach einem Moment des freien Falls, wie bei einem Schritt ins Leere, und einem Augenblick der Dunkelheit, kommt Paris um mich herum wieder zum Vorschein, fremdartiger, grauer und älter. Die Gebäude sehen anders aus, sie stehen nicht mehr in gleichmäßigen Reihen aus hellem Stein, sondern sind unregelmäßig wie ein ausgefranster Saum.

Ich lege die Hände an den Mund und brülle so laut ich kann: »He, Geist!«

Die Worte hallen im Dunst wider. Ich hole tief Luft und schreie: »Komm raus, komm raus, wo immer du auch bist!«

Jacob taucht auf und legt mir die Hand auf den Mund.

»Was soll denn das?«, zischt er.

Ich mache mich von ihm los. »Ich bin es leid, dass immer nur er bestimmt, wo's langgeht. Ich will das hier nicht zu seinen Bedingungen tun, ich will es auf meine Weise machen.«

»Und da fällt dir nichts Besseres ein, als herumzukreischen, bis er kommt?«

»Wir müssen ihn uns doch näher ansehen, oder?«

»Ja«, erwidert Jacob, »aber das letzte Mal, als ihr euch gegenüberstandet, hat er dich von einem Dach geschubst.«

»Na ja, dieses Mal stehe ich mit beiden Beinen fest auf dem Boden. Außerdem …«

Ich breche ab, denn hinter Jacob nimmt im Nebel ein Schatten Gestalt an und kommt auf uns zu.

Doch als er aus den Nebelschwaden tritt, zeigt sich, dass es nicht der Poltergeist ist.

Es ist ein Mann in einem altmodischen Anzug. Er hebt eine altertümliche Pistole und zielt damit direkt auf mich. Jacob reißt mich durch den Schleier zurück, bevor der Schuss fällt.

Ich krache durch eine Welle eisigen Wassers, bevor ich mit dem Hintern auf dem heutigen Pariser Straßenpflaster lande. Mit verschränkten Armen baut sich Jacob vor mir auf. »Das hättest du eigentlich kommen sehen sollen.«

Ich stehe auf, klopfe mir die Jeans ab und gehe los.

Sobald ich der Meinung bin, dass ich weit genug von dem Geist mit der Pistole weg bin, hole ich tief Luft und greife wieder nach dem Schleier.

»Warte!«, ruft Jacob, doch es ist zu spät.

Ich bin schon auf der anderen Seite.

Ein Schaudern, ein Sturz, eine Sekunde Dunkelheit, dann bin ich wieder im Zwischendrin.

Hier ist es anders. Die Stadt ist immer noch altmodisch, aber etwas moderner als beim letzten Mal.

Gleich vor uns spannt sich eine Brücke über den Fluss, ein großer, steinerner Bogen voller Statuen und Straßenlaternen. Als ich darübergehe, rattert eine Kutsche mit zwei glänzend schwarzen Pferden in die entgegengesetzte Richtung an mir vorbei.

Am Ufer der Seine unter uns spielt ein Mann Akkordeon. Die Musik dringt leise und dünn herauf, wie von einem leichten Wind getragen.

Arm in Arm laufen zwei Frauen vorbei. Die Röcke ihrer eleganten Kleider sind so breit wie der Gehweg und sie stecken flüsternd die Köpfe zusammen.

Ich ziehe den Spiegelanhänger aus der Hosentasche und wickle ihn mir beim Laufen um die Hand. Hoffentlich bemerken mich die Geister nicht. Sie sehen mich kurz an, als ob sie wüssten, dass ich nicht hierhergehöre, doch sie kümmern sich nicht weiter um mich und ich mich nicht um sie.

»Du weißt schon, wie man Irrsinn definiert, oder?«, fragt Jacob, als er neben mir auftaucht. »Das ist, wenn man immer wieder dasselbe tut und ein anderes Ergebnis erwartet.«

»Ich mache nicht dasselbe«, erkläre ich. »Du hast recht, schreien war eine blöde Idee.«

»Na toll«, findet Jacob. »Und was ist deine neue Strategie?«

»Ich mache einen Spaziergang.«

»Wohin?«

»Zum Ende des Schleiers.«

Ein oder zwei Häuserblocks hinter der Brücke verändert sich das Zwischendrin wieder. Es verblasst zwischen dem Schleier des einen und dem eines anderen Geists, bis es nur noch ein leeres Gebiet ist, eine Art Naht, ein Ort, den kein normaler Geist betreten kann. Aber ein Poltergeist, der nicht an den Schleier gebunden ist …

Ich bleibe stehen und das blau-weiße Licht in meiner Brust strahlt wie ein Leuchtfeuer.

Komm raus, komm raus, denke ich.

Aber da ist keine Spur von ihm oder von irgendjemandem sonst.

»Vielleicht macht er einen auf ›unnahbar‹«, vermutet Jacob.

Die Worte treffen bei mir etwas, einen Gedanken, den ich noch nicht ganz fassen kann. Die Wirkung des Schleiers beginnt, mich ein wenig benommen zu machen, und die Luft in meiner Lunge wird irgendwie dünner. Ich bin schon zu lange hier.

Verzweifelt stöhne ich auf und kehre ins Land der Lebenden zurück, wo ich mich auf eine Bank sinken lasse, um wieder zu mir zu kommen.

Denk nach, denk nach, denk nach!

Jacob setzt sich neben mich.

»Die Idee war gar nicht so schlecht«, sagt er. Er versucht, mich zu trösten, und hofft gleichzeitig, dass ich aufgebe, damit wir zurückgehen und uns den Rest des Films ansehen können.

Aber ich kann nicht. Da ist irgendetwas. Der Poltergeist war mir die ganze Zeit über dicht auf den Fersen, es gibt also keinen Grund, anzunehmen, dass er jetzt einfach abwartet. Wozu auch?

Er spielt den Unnahbaren.

Er spielt …

Plötzlich richte ich mich auf und sehe Jacob an. »Ich glaube, du hast recht!«

»Jetzt tu nicht so überrascht!«, beschwert sich Jacob und fügt hinzu: »Womit habe ich recht?«

Aber ich bin schon aufgesprungen und greife nach dem Schleier.

Die Welt verschwindet, taucht wieder auf und ich halte mich an einem Laternenpfahl fest. Mir ist jetzt schon schwindelig. Es ist, wie wenn man in einem Pool nach Münzen taucht. Wenn man die Luft anhält und einmal zu oft nach unten taucht, wird es schwerer, wieder nach oben zu kommen. Aber dieses Mal rufe und suche ich nicht, sondern sehe mich in der trüben grauen Welt um, bis mein Blick auf die Fassade eines mit Säulen dekorierten Gebäudes fällt.

Ich ziehe Jacob hinter die nächste Säule und ducke

mich. Die Kamera presse ich vor die Brust, um das Leuchten darin zu verbergen.

Ein paar Sekunden später spüre ich kalte Luft im Nacken und erschrecke fast, bis ich merke, dass es nur Jacob ist.

»Du pustest mich an«, flüstere ich, bemüht, nicht zu zittern.

»Sorry«, sagt er. »Aber was genau tun wir hier eigentlich?«

»Wir verstecken uns!«, erkläre ich.

Der Poltergeist hat die ganze Zeit ein Spiel gespielt. Und bis jetzt hat immer nur er die Regeln gemacht. Die ganze Zeit hat er uns verfolgt. Warum folgen wir ihm nicht mal zur Abwechslung? Vielleicht führt er uns ja irgendwo hin. Vielleicht finden wir einen Hinweis. Vielleicht erfahren wir …

»Das sind aber eine Menge Vielleichts«, findet Jacob.

»›Vielleicht‹ ist ein Leuchten im Dunkeln«, murmle ich halb zu mir selbst.

Das ist einer von Mums Lieblingssprüchen, wenn sie bei einer Geschichte hängen bleibt. Dann fängt sie an, sich selbst Möglichkeiten zu bieten, mögliche Fäden zu spinnen und jede Sackgasse zu einem neuen Weg zu machen, und das alles nur durch das kleine Wort »vielleicht«.

Vielleicht ist ein Seil in einer tiefen Grube oder ein Schlüssel in einer Tür.

Vielleicht findest du so den Ausweg.

Wir müssen nur darauf warten, dass er sich zeigt.

Also warten wir. Eine Minute. Drei. Fünf.

Bis mein Kopf anfängt zu hämmern und ich kaum mehr atmen kann. Es ist eine Warnung, dass ich nicht hier sein sollte, ich bin nicht aus dem richtigen Stoff gemacht.

Aber ich schwöre, ich kann den Poltergeist in der Nähe spüren, wie eine leise Kälte, die durch die Luft sickert …

»Cassidy«, warnt Jacob, aber ich rühre mich nicht.

Nur noch ein bisschen.

»Cass!«

Ich bin sicher, dass er sich zeigen wird.

Ich sehe ein wenig verschwommen, und als ich schlucke, spüre ich den Fluss in meinem Hals. Ich bekomme Panik, als ich vergeblich um Atem ringe. Beim Versuch, aufzustehen, wabert der Schleier und mir wird schwarz vor Augen. Dann ist da nichts mehr.

Kapitel 13

Als ich wieder zu mir komme, sitze ich in der realen Welt auf dem Gehweg, in einer Stadt voller Farben und Geräusche. Neben mir rasen Autos über eine belebte Kreuzung. In meinem Kopf ist ein dumpfes Hämmern und ich presse mir kurz die Handflächen auf die Augen, bevor ich aufsehe und einen durchscheinenden Jacob erkenne, der sich mit verschränkten Armen über mich beugt.

»Das reicht jetzt«, sagt er. »Diesmal war's echt knapp.«

»Aber es hätte klappen können«, meine ich und stehe auf. »Es hätte geklappt, wenn …«

Ein plötzlicher, heftiger Kälteschauer lässt mich abbrechen und gleich darauf rast ein Lastwagen um die Ecke.

Ich erhasche einen kurzen Blick auf einen Schatten, dann knallt die Hintertür des Lkw auf und der Inhalt fliegt heraus. Kisten und Kartons krachen auf die Straße und ein großer goldener Rahmen kommt direkt auf mich zugepoltert.

Holz splittert.

Glas blitzt auf.

Beweg dich, denke ich, aber meine Beine sind wie festgefroren.

»CAS…«

Jacob schreit meinen Namen, doch das Wort klingt seltsam verzerrt und langsam.

»…SI…«

Alles ist viel zu langsam.

»…DY…!«

Alles außer der splitternden Glasscheibe, die auf mich zukommt.

»Pass auf!«

Dann trifft mich plötzlich etwas. Kein goldener Rahmen, sondern ein Paar Hände. Sie stoßen mich in den Rücken, so heftig, dass ich stolpere, zurück auf den Gehweg falle und mir die Handflächen aufschürfe, gerade als der Rahmen in die Mauer hinter mir kracht und Glassplitter auf die Straße regnen.

Ich drehe mich um und sehe Jacob zwischen den Scherben stehen. Und noch bevor ich mich darüber wundern kann, wie er das geschafft hat, sehe ich zu Boden und erkenne, dass das kein normales Glas ist.

Es ist ein *Spiegel*.

In Tausend Fragmenten liegt er vor Jacob auf dem Boden.

»Nicht hinsehen!«, rufe ich, doch es ist schon zu spät.

Jacob sieht nach unten.

Seine blauen Augen weiten sich. Sein ganzer Körper bebt und wird dünner, so wie beim letzten Mal, als er sich in seinem Spiegelbild gefangen sah. Eine geisterhafte Blässe legt sich über ihn und sein Haar wird dunkel von Wasser.

Doch dann reißt er sich irgendwie los.

Er schaudert, kneift die Augen zu und verschwindet dann einfach. Nur ein schwaches Flattern in der Luft verrät mir, wohin er gegangen ist.

Der Schleier.

Die Menschen auf der Straße eilen zu mir, doch noch bevor sie mich erreichen, bin ich aufgestanden und habe nach dem dünnen Vorhang gegriffen. Ich reiße ihn beiseite und folge Jacob. Nach einem kurzen Fall stehe ich auf der anderen Seite. Das Zwischendrin erstreckt sich still und grau um mich herum. Es ist hier sehr dünn und die Details blass, eine Art Zwischendrin im Zwischendrin. Ein Ort, der keinem besonderen Geist gehört.

An einigen Orten ist der Schleier gar nicht vorhanden und die Welt sieht aus wie ein leeres Blatt Papier. Aber dafür spukt es in Paris wohl einfach zu viel und hinter dem Schleier ist es nie ganz leer. Ein schwacher Abdruck der Stadt, ein Geisterbild auf einer blassen Leinwand, ist auch hier vorhanden. Und eines ist natürlich in jeder Einzelheit perfekt vorhanden.

Jacob.

Er steht ganz still und presst heftig atmend die Handballen gegen die Augen.

»Jacob?«, sage ich und versuche, normal zu klingen.

Er antwortet nicht. Aber die Blässe ist aus seinem Gesicht gewichen und die Feuchtigkeit aus seinen Haaren und seiner Kleidung verschwunden.

»Jacob«, wiederhole ich und diesmal stößt er bebend den Atem aus, richtet sich auf und lässt die Hände sinken.

»Mir geht's gut«, sagt er.

»Wie hast du das gemacht?«, frage ich und weiß selbst nicht, was ich meine – dass er mich gestoßen hat oder dass er sich von seinem eigenen Spiegelbild losgerissen hat.

Er schüttelt nur den Kopf.

»Jacob …«

»Ich sagte doch, mir geht's *gut.*«

Seine Stimme zittert nicht mehr, doch jetzt höre ich etwas darin, das ich bei ihm sonst fast nie vernehme. Ärger. Wut. Sein Haar flattert ein wenig, wie von einem leichten Wind bewegt. Ich mache den Mund auf, doch bevor ich etwas sagen kann, spüre ich es.

Kälte.

Ein Schauder trifft mich zwischen den Schulterblättern. Ich drehe mich um und Jacob bemerkt es ebenfalls. Einen halben Block entfernt steht – so markant wie ein roter Tintenklecks auf einem leeren Blatt – der Poltergeist.

Der Junge scharrt mit einem altmodischen Schuh auf dem Gehweg und seine braunen Locken fallen zur Seite, als er den Kopf schief legt. Er ist von einem roten Leuchten umgeben und seine großen Augen glühen in derselben gespenstischen Farbe.

Schließlich sieht er auf, und als er feststellt, dass er unsere Aufmerksamkeit hat, lächelt er.

Ich reiße die Kamera hoch und löse den Blitz aus, doch er hält sich die Hand vor die Augen, dreht sich um und rennt los.

Nicht so, als ob er Angst vor mir hätte.

Nein, so, als ob das hier ein Spiel wäre.

Hab dich.

Du bist's!

»Cass!«, ruft Jacob, doch ich laufe schon los.

Um mich herum wabert der Schleier, Einzelheiten tauchen auf und verschwimmen vor dem Hintergrund dieses Ortes, während ich von der Welt eines Geistes in die nächste wechsle, dicht gefolgt von Jacob.

Der Poltergeist ist schnell, zu schnell. Er bewegt sich nicht wie ein rennendes Kind, eher wie eine Reihe von Fotos im Zeitraffer. Und gerade als ich glaube, dass er uns entwischt, flimmert der Schleier um uns herum und festigt sich wieder. Plötzlich weiß ich, wo wir sind. Hier war ich schon mal.

Der Eingang zu den Katakomben.

Hinter dem Schleier sieht er anders aus. Keine frische grüne Farbe, keine Holztür, nur ein Eisentor. Weil der Junge so klein ist, schlüpft er durch das Gitter, wirft mir einen letzten rot glühenden Blick zu und verschwindet dann im Dunkeln.

Gleich darauf erreiche ich das Tor, doch es ist verschlossen.

Ich rüttle an den Gitterstäben, aber die geben nicht nach. Und ich passe da auf keinen Fall durch.

»Wir müssen ihm nach«, sage ich atemlos.

»Nein«, erklärt Jacob neben mir. »Genau das müssen wir *nicht.*«

Ich stoße mich vom Tor ab. »Du bist doch ein Geist«, sage ich zu Jacob und wedle mit der Hand zum Gitter. »Kannst du nicht einfach …?«

»Einfach was?«, kontert Jacob. »Wir sind hinter dem Schleier, schon vergessen? Hier bin ich so sehr Fleisch und Blut, wie es nur geht. Und wir wissen immer noch nicht, wer dieser Poltergeist ist.«

»Er hat versucht, mich umzubringen!«

»Was meiner Meinung nach ein weiterer Grund ist, ihm nicht nachzulaufen. Zumindest nicht, bis wir genug über ihn wissen, um ihn zu schlagen. Lara hat *ausdrücklich* gesagt, dass wir uns davor nicht mit diesem gruseligen toten Kind anlegen sollen.«

»Und seit wann bist du mit Lara einer Meinung?«, gebe ich zurück.

Jacob hebt die Hände. »Ich weiß. Das überrascht

mich ebenso wie dich. Und du darfst ihr das auf keinen Fall verraten!« Dann deutet er auf den Eingang zu den Katakomben. »Aber jetzt wissen wir zumindest schon mal eines.«

Ich drehe mich zum Tor um.

Jacob hat recht.

Der Poltergeist ist nicht an einen Schleier gebunden, er hängt nicht in einem Moment oder in einer Erinnerung fest, aber das bedeutet nicht, dass er so einen Ort nicht hat. Er hätte überall hingehen können, aber er ist hierher gekommen. Warum? Vielleicht ist es nur ein Versteck, aber ich glaube, dass der Ort mehr für ihn bedeutet.

Ich spüre die Kälte, die durch das Tor dringt, und sehe einen schwachen roten Schein auf den Gitterstäben. Das merkwürdige Licht umgibt den Eingang wie mit Buntstift gemalt, als wären Poltergeist und Katakomben aus demselben Material gemacht und ganz von dieser Farbe durchdrungen. Dann fällt mir ein, wo ich dieses gespenstische rote Glühen zum ersten Mal gesehen habe, unten in den Tunneln zwischen den Knochen, und ich frage mich, ob es hier passiert ist.

Ob er hier gestorben ist.

»Komm, Cass«, fordert mich Jacob auf und greift nach meiner Hand.

Ich halte seine fest, aber nicht, bevor ich dem Gitter noch einen heftigen Tritt verpasst habe.

»Dich kriege ich noch!«, rufe ich.

»Nochnochnoch...«, hallt es aus dem Dunkeln zurück.

Wie als Antwort fällt ein Schatten über die Straße und ein roter Nebel kriecht durch die Gitterstäbe.

»Ja, super«, meint Jacob, »provozier den Poltergeist noch. Klasse Idee.«

Er zieht mich vom Tor weg und ich folge ihm.

Gleich darauf verschwindet der graue Schleier und die Welt bekommt wieder ihre normale Schärfe und Farbe. Die Sonne scheint warm, und vor dem grünen Holzhäuschen wartet eine ganze Schlange von Touristen darauf, in die Katakomben hinunterzusteigen.

In der Nähe beginnt eine Kirchenglocke zu läuten.

»Äh, Cass ...«, sagt Jacob, doch ich ziehe schon mein Handy aus der Tasche, um auf die Uhr zu sehen.

Oh nein!

Kapitel 14

Feuerprobe.

So nennt man es, wenn man etwas unter Zeitdruck lernen muss.

Zum Beispiel, sich in der Pariser Metro zurechtzufinden.

Ich wünschte wirklich, ich hätte besser aufgepasst, als wir das letzte Mal hier unten waren. Glücklicherweise habe ich auf meinem Handy den Standort des Kinos markiert, und die App sagt mir, mit welcher Metrolinie ich dorthin komme. Es ist sogar eine direkte Verbindung, wir müssen also nicht umsteigen.

Der App zufolge brauchen wir neunzehn Minuten.

Laut meinem Timer endet die Kinovorstellung in zweiundzwanzig Minuten.

Das sieht soweit ganz gut aus, bis ein kleines oranges Warnsignal auftaucht, das zwei Minuten Verspätung bei der Metro ansagt.

Jacob zählt stirnrunzelnd an seinen Fingern mit, und ich wippe ungeduldig auf den Fußballen, bis der Zug endlich in der Station einfährt und wir einsteigen können.

Neunzehn Minuten später renne ich die Straße entlang und schlüpfe durch die Hintertür ins Kino, den Gang entlang und in Saal Nummer 3. Außer Atem lasse ich mich auf den Sitz fallen, wobei ich den Popcorneimer umstoße, den ich vorher auf den Boden gestellt hatte, und sehe auf der Leinwand gerade noch, wie sich die beiden Hauptdarsteller auf einem Dach in New York zu anschwellender Musik küssen.

Als der Abspann läuft, meint Jacob: »Vielleicht können wir ja eines Tages wirklich einfach nur den Film anschauen.«

Mum und Dad warten wie versprochen draußen auf mich. Von der Filmcrew und Pauline ist nichts zu sehen. Sie sind sicher schon nach Hause gegangen.

»Wie war der Film?«, fragt Mum.

»Genau, was ich gebraucht habe«, antworte ich. »Wie war es in der Rue de Chantres?«

»Oh, ganz wunderbar!«, sagt Mum. »Und ganz wunderbar gespenstisch.« Sie legt mir den Arm um die Schultern. »Gehen wir ins Hotel zurück. Ich kann dir unterwegs alles erzählen …«

Sobald wir das Hotel betreten, weiß ich, dass etwas nicht stimmt.

Da ist zwar kein Eishauch oder plötzlicher kalter Luftzug, aber es liegt etwas in der Luft. In der Lobby sind zu viele Menschen, und die Hälfte davon sieht aus, als wären sie in ein Unwetter geraten. Das ist merkwürdig, denn in Paris war es bislang immer nur sonnig.

Die Empfangsdame sieht uns stirnrunzelnd an, als wären wir verantwortlich für das, was hier passiert sein muss.

Mir wird ein wenig mulmig. Vielleicht sind wir das ja.

»Was ist los?«, fragt Dad und geht zum Tresen.

Das Stirnrunzeln verstärkt sich.

»Ah, Monsieur Blake. Wie Sie sehen, hat es einen kleinen Zwischenfall gegeben.« Sie deutet auf die nassen Leute in der Lobby. Oje. »Im zweiten Stock ist die Sprinkleranlage angegangen. Höchst ungewöhnlich. Der Alarm wurde offensichtlich in Ihrem Zimmer ausgelöst.«

»Das war ich nicht!«, sagt Jacob schnell und hebt abwehrend die Hände. »Ich meine, so etwas würde ich zwar schon ganz gern mal tun, aber ich war das nicht!«

Ich verdrehe die Augen. *Klar doch.*

Dad schüttelt den Kopf. »Aber wir waren den ganzen Tag nicht hier.«

»Wie dem auch sei«, fährt die Concierge fort, »*etwas* in Ihrem Zimmer hat den Feueralarm ausgelöst und damit die Sprinkleranlage. Vielleicht«, fügt sie hinzu und hebt etwas unter dem Tresen hervor, »war es *le chat noir*.«

Damit stellt sie Grims Katzenkorb auf den Tresen.

Die grünen Augen, die uns daraus entgegenfunkeln, sehen in etwa genauso glücklich aus wie die Empfangsdame, als sie uns den Korb zuschiebt.

»Sie glauben, unsere Katze hat den Alarm ausgelöst?«, fragt Mum.

»Je ne sais pas«, erwidert die Frau unwirsch. »Was ich glaube, ist, dass es im Hotel Valeur normalerweise sehr geregelt zugeht.«

Dad beginnt rot anzulaufen, als die Dame fortfährt: »Wir haben Ihre Sachen so schnell wie möglich aus dem Zimmer geholt. Ich kann Ihnen versichern, dass Sie sie sauber und trocken in Ihrem neuen Zimmer vorfinden werden. Aber Sie werden verstehen, dass dieses Ihnen unglücklicherweise nicht gleich zur Verfügung steht.« Ohne ein Lächeln nickt sie zu einem Getränkewagen. »Bitte nehmen Sie sich doch einen Kaffee, während Sie warten.«

Dad will etwas sagen, doch Mum fasst ihn mit einer Hand am Ellbogen, nimmt mit der anderen Grims Korb und führt uns zu einer Sitzgruppe, wo wir still warten.

»Er war dünner«, sagt Jacob, der auf der Armlehne eines Sofas in der Lobby sitzt.

Ich sitze im Schneidersitz auf dem Fußboden, vor mir ein Blatt Papier und einer von Mums angekauten Bleistiften. Ich habe schon eine Liste mit Dingen gemacht, die wir über den Poltergeist wissen, und neben *klein* und *jung* – und auf Jacobs Drängen auch *gruselig – Katakomben* aufgeschrieben. Jetzt versuche ich, eine Skizze von ihm zu machen, während mir Jacob über die Schulter sieht und versucht, mir zu helfen. Doch die meisten seiner Vorschläge machen mich nur verrückt.

Dad liest in einem Buch und Mum trommelt abwesend mit den Fingernägeln auf dem Drehbuchordner. Die anderen Gäste verschwinden nach und nach, einzeln oder paarweise, wenn ihre neuen Zimmer fertig sind, aber wir scheinen die letzten auf der Liste zu sein.

Ich zwinge meine Aufmerksamkeit zurück auf die Zeichnung.

»Nein, sein Kopf war mehr so …« Jacob hält die Hände, als hielte er einen Basketball. Oder einen Fußball? Einen platten Fußball?

»Das bringt mich nicht weiter«, murmle ich, radiere meinen ersten Versuch aus und konzentriere mich erst mal auf die Kleidung des Jungen. Ich wünschte, ich könnte Jacob einen Stift in die Hand drücken. Dummerweise ist nur einer von uns real genug, um einen Stift halten zu können, also bleibt mir nichts anderes übrig, als mit dem Radiergummi wieder und wieder auf dem dünnen Blatt herumzuschmieren.

»Wäre es nicht toll, wenn du etwas hättest, mit dem man ganz einfach das Bild eines Menschen einfangen könnte … Wie nennt man das noch mal?«, überlegt Jacob. »Oh ja, eine KAMERA!«

Ich verdrehe die Augen. Meine Kamera kann Fetzen des Schleiers festhalten, aber soweit ich weiß, ist sie nicht besonders gut darin, Geister detailgenau abzubilden. Und selbst wenn, hier habe ich keine Dunkelkammer und auch nicht die Zeit, einen Film zu entwickeln, um zu sehen, ob ich *vielleicht* ein Foto von dem grusligen Jungen gemacht habe, damit ich damit rumlaufen und Leute fragen kann, ob sie wissen, wer er war, bevor er angefangen hat, mich heimzusuchen

Jacob verschränkt die Arme. »Na, wenn man es *so* sieht …«

Seit dem Vorfall mit dem Spiegel hat er schlechte Laune.

»Hab ich nicht«, murrt er.

Ich beiße mir auf die Zunge und unterdrücke den Wunsch, Jacob erneut nach seiner Vergangenheit, nach seinen Erinnerungen zu fragen. Aber ich weiß, dass er mich denken hören kann, denn er runzelt die Stirn und sieht demonstrativ weg.

Ich arbeite weiter an der Zeichnung, bis ich eine einigermaßen gute Darstellung des Poltergeistes habe. Ein Junge mit langen schwarzen Strümpfen, einer Hose, die ihm bis zu den Knien geht, einem Oberteil, das ebenso gut ein Hemd wie eine Jacke sein könnte, mit einem breiten Kragen, der vorn wie ein Tuch zusammengehalten wird.

Braune Locken um ein rundes Gesicht. Aber irgendetwas fehlt.

Ich krame einen roten Stift aus meiner Tasche und ziehe kleine Kreise um seine Augen.

So.

Mit dem Handy mache ich ein Foto von der Zeichnung und schicke es an Lara. Fast sofort schreibt sie zurück.

Lara: Hast du an deiner amerikanischen Schule Kunstunterricht genommen?
Ich: Nein.
Lara: Sieht man.

Jacob prustet. Ich unterdrücke eine bissige Antwort, aber nur, weil ich sehe, dass Lara noch etwas schreibt.

Lara: Die Kleidung sieht aus wie aus dem frühen 20. Jahrhundert.
Lara: Hast du herausgefunden, wie er heißt?
Ich: Nein.

Dada-dum.

Ich sehe Mum an und den Ordner unter ihrer Hand und setze mich auf.

»Darf ich das mal sehen?«, frage ich und als Mum nickt, nehme ich den Ordner. Ich lege ihn in meinen Schoß und blättere mich durch die einzelnen Drehorte, vorbei am Eiffelturm, am Jardin du Luxembourg …

Bis ich die richtige Seite finde: Die Katakomben.

Ich überfliege das Infoblatt, auf dem hauptsächlich die Geschichte der Anlage und der verschiedenen Friedhöfe steht, von denen sie beliefert wurden.

»Was suchst du denn?«, fragt Dad, der sich zu mir beugt, als könne er eine historische Nachforschung förmlich *riechen*. Als Lehrer ist er von meiner Suche nach Informationen natürlich begeistert.

Ich mache schon den Mund auf, um automatisch *Nichts* zu sagen, doch dann halte ich inne.

Dad ist zwar Dad, aber er ist auch Historiker.

Genau der Richtige für meine Fragen.

»Als wir in den Katakomben waren, hast du erzählt, dass sich Leute da unten verlaufen haben«, beginne ich.

Er nickt ernst. »Ja, da sollte man wirklich nicht herumspazieren. Nicht, dass sich leichtsinnige Idioten schon jemals von einer möglichen Gefahr haben abhalten lassen. Es gibt unzählige Geschichten von Leuten, die gedacht haben: ›*Mir* passiert schon nichts.‹«

»Klar«, sage ich schnell. »Aber kennst du ihre Namen?«

Die Chancen stehen nicht gut, das weiß ich, und ich habe auch nur eine vage Hoffnung, aber dieses rote

Licht in den Katakomben und dass sie dieselbe Kälte ausstrahlen, könnte darauf hindeuten, dass sie eine Erinnerung des Jungen sind. Als ob sie zu ihm gehören oder er zu ihnen.

Mit angehaltenem Atem warte ich auf Dads Antwort.

»Nein, leider nicht«, sagt er, und ich spüre schon Enttäuschung in mir aufsteigen, als er hinzufügt: »Aber ich bin mir sicher, dass ich sie irgendwo aufgeschrieben habe.«

Er zückt das kleine, ledergebundene Notizbuch, das er immer bei sich hat. Ich war noch nie so froh, dass mein Dad so ein Nerd ist.

»Deine Mutter und ich sind auf eine ganze Menge Geschichten gestoßen«, sagt er und blättert in den Seiten. »Wir nutzen aber nicht alle für die Show. Ah, hier sind sie ja. Ein Rucksacktouristenpärchen, Valerie und Michel Gillet.«

Er leckt sich den Daumen an und blättert um.

»Ein älterer Amerikaner, George Kline. Ein kleiner Junge namens Thomas …«

»Wie klein?«, unterbreche ich ihn mit klopfendem Herzen.

Angestrengt rechnet Dad nach und sagt dann: »Er müsste sieben gewesen sein.«

Das ist es. Das ist *er*. Da bin ich mir augenblicklich todsicher.

»Wie hieß er noch mal?«

»Thomas.« Er spricht es *To-maas* aus. »Thomas Alain Laurent.«

Ich versuche, den Namen leise nachzusprechen.

»Was ist mit ihm passiert?«

»Darüber weiß ich nicht viel. Er ist 1912 verschwunden. Er hat sich mit seinem Bruder in die Katakomben geschlichen und ist nie wieder herausgekommen.« Dad zieht eine Braue hoch. »Woher kommt die plötzliche Neugier?«

Ich zögere. »Weiß auch nicht. Seit wir in den Katakomben waren, muss ich immer wieder an die Leute denken, die dort unten eigentlich nicht hätten begraben werden sollen.«

»Du klingst schon wie dein Vater«, sagt Mum. »Immer auf der Suche nach Antworten.«

Dad strahlt, stolz, eine Forscherin großgezogen zu haben. Aber die Antworten, die ich suche, sind ausgesprochen paranormal. Ich habe eben auch viel von meiner Mutter geerbt.

»Monsieur Blake«, ruft die Empfangsdame von der Rezeption aus. »Ihr neues Zimmer ist fertig.«

Kapitel 15

Wir nehmen unsere Sachen – eine Kamera, einen kleinen Koffer voller Filmaufnahmen, einen Drehbuchordner und eine ziemlich griesgrämige Katze – und gehen nach oben. Unser neues Zimmer liegt im zweiten Stock, und während Mum die Tür aufschließt, antworte ich Lara auf ihre letzte Nachricht.

Ich: Thomas Alain Laurent.

Fast augenblicklich klingelt das Telefon.

»Beeindruckend«, sagt Lara. Ich höre ihre Finger auf einer Tastatur klackern. »Das ist auf jeden Fall ein Anfang.«

Ich gehe ein Stück den Gang zurück. »Wieso ein Anfang? Ich kenne seinen *Namen.*«

»Das ist nicht Rumpelstilzchen«, erklärt Lara. »Ohne die dazugehörigen Erinnerungen ist der Name nicht viel wert.«

Ich lasse mich gegen die Tapete sinken. »Es war so schön, als ich einfach nur einen Spiegel hochhalten musste.«

»Unsinn«, meint Lara. »Wir lieben doch unsere Herausforderungen, oder?«

»Du hast gut reden«, erwidere ich. »Ich bin bis jetzt von einem Dach gestoßen, beinahe von einer Kulisse erschlagen worden und konnte gerade noch einem riesigen Spiegel ausweichen. Ganz zu schweigen von der Überschwemmung in unserem Hotelzimmer.«

»Ziemlich harter Tag, was?«

»Ja. Ich denke, wir können mit ziemlicher Sicherheit sagen, dass wir über das Unfug-Stadium hinaus sind.« Ich senke die Stimme. »Ich mache mir Sorgen, Lara. Um meine Eltern. Um mich selbst. Ich habe Angst, dass er mich erwischt. Ich habe Angst davor, was er tun könnte, bevor ich ihn ausschalten kann.«

»Ja, was das angeht«, meint Lara, »klingt, als könntest du etwas Schutz gebrauchen. Onkel Weathershire sagt, mit Salz und Salbei könne man starke Geister vertreiben.«

»Und woher soll ich Salz und Salbei bekommen?«, frage ich.

»Zum Glück hast du mich.«

»Und so dankbar ich auch bin – du bist in einem anderen Land«, gebe ich zu bedenken.

»Hast du mein Paket nicht bekommen?«

»Was?« Ich betrete endlich das Hotelzimmer und

sehe ein kleines braunes Paket, etwa so groß wie ein Buch, mit schwarzem Band umwickelt. Unglücklicherweise bemerkt Mum es auch. Sie nimmt es, liest das Etikett und sieht mich an.

»Cassidy Blake, hast du etwa was im Internet bestellt?«

»Das ist von Lara«, sage ich und nehme ihr das Paket weg.

Dann ziehe ich mich in mein Zimmer zurück und sehe mir die Schachtel genauer an. Auf dem Schildchen steht: »Für Cassidy Blake, mit den besten Empfehlungen.«

»Nachdem wir uns gestern unterhalten haben, habe ich ein wenig herumtelefoniert«, fährt Lara fort. »Mein Onkel hat – na ja, hatte – einige Kontakte in der paranormalen Welt, darunter auch ein paar in Paris. Nette Leute.«

Ich drehe die Karte herum und lese auf der Rückseite: *La Société du Chat Noir*.

Ich erinnere mich, dass die Concierge Grim eine *chat noir* genannt hat.

»Die Gesellschaft der schwarzen Katze«, übersetzt Lara für mich. »Faszinierende Gruppe, sehr eklektisch und natürlich sehr geheim. Sie sind fast in jeder Großstadt vertreten, aber man muss jemanden kennen, der jemanden kennt …«

Ich betrachte die Karte. Erst Poltergeister und jetzt Geheimbünde? So langsam wird mir klar, wie wenig ich von der paranormalen Welt jenseits der Show meiner Eltern und meiner eignen Erfahrungen hinter dem Schleier eigentlich weiß.

»Und du bist Mitglied in diesem Geheimbund?«, frage ich und lege die Karte weg.

»Noch nicht«, sagt Lara ärgerlich. »Sie haben sehr strenge Altersbeschränkungen. Aber ich habe eine Sondergenehmigung beantragt.«

»Natürlich«, meint Jacob.

Ich mache die Schachtel auf, woraufhin er sofort anfängt zu niesen.

»Oh ja«, sagt Lara, »das hätte ich erwähnen sollen. Salbei und Salz wirken bei *allen* Geistern.«

»Das hast – *hatschi!* – du ganz genau – *hatschi!* – gewusst!«

Ich knalle die Schachtel zu.

Jacob sieht finster drein und schnieft.

»Danke, Lara«, sage ich.

»Ja«, knurrt Jacob und zieht sich zum offenen Fenster zurück. »Vielen Dank auch.«

An diesem Abend stecke ich kleine Päckchen mit Salz und Salbei in Dads Jackentasche und Mums Handtasche, in der Hoffnung, dass das ausreicht, um den Poltergeist fernzuhalten.

Zumindest von meinen Eltern.

Die Säckchen scheinen allerdings auch bei Jacob zu wirken.

Normalerweise wartet er, bis ich ins Bett gehe, bevor er verschwindet, aber heute habe ich ihn seit dem Abendessen nicht mehr gesehen. Er hat gesagt, er würde vor dem Hotel nach Thomas Ausschau halten. Aber ich vermute, er versucht eher, ein paar Hotelbewohner zu erschrecken. Aber vielleicht will er auch nur von den Kräutern weg, die ich auf das Fensterbrett und vor die Tür gestreut habe, weil ich den Gedanken nicht ertrage, dass Thomas sich nachts in unser Zimmer schleicht.

Aber auch mit den Kräutersäckchen kann ich nicht schlafen.

Schließlich werfe ich die Decke weg, mache das Fenster auf und lehne mich über die eiserne Brüstung hinaus. Die Luft ist kühl und der Schleier schmiegt sich an meine Haut. Ich ziehe den Anhänger aus meinem Ausschnitt und lasse den Spiegel an der Kette zwischen meinen Fingern kreiseln, sodass mein Spiegelbild immer wieder kurz aufblitzt.

Ein Spiegel zeigt uns das, was wir wissen.

Ich muss an Jacob denken, an seinen Gesichtsausdruck, als er heute über den Spiegelscherben stand, und wie er sich von seinem Spiegelbild losgerissen hat.

Ein Poltergeist ist das, was passiert, wenn ein Geist vergisst.

Ich schließe die Augen und verschränke die Arme auf der Fensterbrüstung.

Jacob muss einfach Glück gehabt haben. Er hat nicht wirklich hingesehen.

Er vergisst nicht, sage ich mir.

Er vergisst nicht.

Ich spüre, wie mein Kopf herabsinkt.

Er ver…

Ein paar Straßen weiter geht die Alarmanlage eines Autos los. Ich schrecke auf und mein Herz hämmert wild, als noch eine und dann noch eine angeht, als würde jemand auf alle Motorhauben schlagen.

»Thomas Alain Laurent.«

Ich sage den Namen laut in der Dunkelheit, als könnten ihn die Worte herbeirufen, doch nichts geschieht. Ich sehe auf die Straße unter mir und erwarte halb, dass ein kleiner Junge zu mir aufsieht. Aber die Straße ist leer.

Trotzdem …

Ich spüre ein leises Schaudern.

Und ich höre ein Wispern im Wind.

»Un … deux … trois …«

Ich weiß nicht, was mich nach meiner Kamera greifen lässt – vielleicht eine Eingebung oder die unterbewusste Erinnerung daran, dass sie mich schon einmal durch den Schleier hat sehen lassen – aber als ich den Sucher ans Auge halte und die Schärfe einstelle, verändern sich die Nacht und die Straße unter mir, sie verschwimmen.

»… quatre … cinq … six …«

Da ist er.

Thomas Alain Laurent steht auf der Straße, den Kopf in den Nacken gelegt, um zu mir hochzusehen. Seine Konturen sind unscharf, seine Augen hohl und leuchtend rot und auf mich gerichtet. Ich mache ein Foto, ohne Blitz. Kurble den Film weiter. Noch ein Foto. So schnell, als befürchte ich, dass er zwischen zwei Aufnahmen verschwindet.

Er hört auf zu zählen und streckt die Hand aus, wie um mich zum Mitspielen einzuladen.

Er zeigt mir ein breites Grinsen, doch als ich den Kopf schüttle, fällt der fröhliche Gesichtsausdruck in sich zusammen und das Grinsen wird zu einer kindlichen Grimasse. Die Wirkung ist so plötzlich und gespenstisch, dass ich instinktiv den Sucher vom Auge nehme. Ohne ihn ist die Straße unter meinem Fenster wieder leer.

Und als ich den Mut habe, erneut durch die Kamera zu sehen, ist Thomas weg.

Kapitel 16

Der Fußboden bebt, die Wände wackeln und das ganze Hotel zittert.

Ich hocke auf dem Boden hinter einer Säule und versuche, den Trümmern auszuweichen, die durch die Lobby fliegen.

»Hör mir zu, Jacob!«, schreie ich über den Lärm der klappernden Bilderrahmen und des splitternden Glases hinweg.

Er hat sich mitten auf dem Marmorboden zusammengerollt und um ihn herum tost es wild.

»Stopp!«, fleht er. Wasser rinnt aus seinen Kleidern auf den Fußboden. Sein Haar wabert um sein aschfahles graues Gesicht.

Hinter der Rezeption steht Lara und befiehlt: »Cassidy! Du musst ihn weiterschicken!«

Nein! Ich kann ihn immer noch retten.

Ich greife nach meiner Kamera, hole tief Luft und springe hinter der schützenden Säule hervor, die

Linse auf Jacob gerichtet. Ich drücke auf den Blitz, in der Hoffnung, dass ihn das losreißt und wieder zu Sinnen bringt. Doch die Kamera funktioniert nicht richtig, und bevor ich es erneut versuchen kann, zerreißt ein heftiger Windstoß den Riemen um meinen Hals und die Kamera wird mir aus der Hand geschleudert. Mit einem grässlichen Knirschen landet sie an der Wand. Nein, nein, nein!

Ich werde zurückgestoßen und muss mich bemühen, auf den Füßen zu bleiben.

»Jacob!«, schreie ich, als die Decke knackt und splittert und Staub auf uns herabregnet.

Das Hotel um uns herum bebt, als würde es gleich einstürzen.

»Stopp«, sagt Jacob wieder und hebt den Kopf. »Halte mich auf!«

Und als er mich ansieht, leuchten seine Augen, nicht länger blau, sondern *rot*.

Mit klopfendem Herzen schrecke ich hoch.

Die Sonne scheint durch die Vorhänge herein – und durch Jacob, der im Schneidersitz am Fußende meines Bettes sitzt.

»Du solltest deine Frisur sehen, Cass.« Er fährt sich mit den Fingern durch die eigenen Haare, sodass sie in alle Richtungen abstehen.

»Weißt du, das ist echt merkwürdig, wenn du mir beim Schlafen zusiehst.«

Jacob springt auf und hinterlässt einen ganz schwachen Abdruck auf der Bettdecke. »Ich habe dir nicht beim Schlafen zugesehen, ich habe versucht, dich aufzuwecken.« Er deutet auf mein Handy auf dem Nachttisch. »Das hat geklingelt. Lara hat immer wieder angerufen.« Er stupst das Telefon an und sein Finger geht glatt hindurch. »Glaub mir, wenn ich einfach auflegen könnte, hätte ich es getan.«

Ich rapple mich hoch und nehme das Telefon, um die eingegangenen Nachrichten zu lesen.

Lara: Ich habe etwas – oder besser jemanden – gefunden.

Lara: Ruf mich an.

Lara: Es ist wichtig.

»Wer benutzt denn bitte beim Texten richtige Satzzeichen?«, wundert sich Jacob.

»Hmhm«, mache ich halbherzig. Ich bin immer noch ganz durcheinander von meinem Traum.

»Alles in Ordnung?«, erkundigt sich Jacob. »Du wirkst so … abwesend.«

»Alles gut«, antworte ich schnell, doch mir ist nicht wohl dabei. Zweite Freundschaftsregel: Keine Lügen.

Ich rufe Lara an.

»Na endlich«, sagt sie.

»Schläfst du eigentlich nie?«, frage ich und reibe mir die Augen.

»Ich bekomme jeden Tag die erforderlichen sieben bis acht Stunden Schlaf«, erklärt Lara, »obwohl ich zugeben muss, dass ich nach sieben Stunden besser funktioniere.«

»Cass!«, ruft Mum und klopft an die Tür, obwohl die einen Spalt offen steht. »Wir gehen runter zum Frühstück. Bist du so weit?«

Ich lege die Hand über das Telefon. »Ich komme gleich nach«, rufe ich zurück. »Ich brauche noch ein paar Minuten.«

»Aber schlaf nicht wieder ein!«, warnt Dad.

»Tu ich nicht.«

Ich habe Ewigkeiten gebraucht, um nach dem Auftauchen von Thomas wieder einzuschlafen. Nach dem und dem Albtraum fühle ich mich jetzt hellwach.

»Was für ein Albtraum?«, forscht Jacob, der natürlich meine Gedanken liest.

Ich schüttle den Kopf und verdränge den Albtraum in den hintersten Winkel meines Gehirns.

»Und du hast heute Nacht den gruseligen Jungen gesehen?«, drängt er.

»Hallo?«, ruft Lara. »Erde an Cassidy!«

»Sorry«, sage ich und wende ihr wieder meine Aufmerksamkeit zu. »Was hast du gesagt?«

»Nur dass ich eine Spur für dich habe. Gern geschehen.«

»Das solltest du erst sagen, wenn ich mich bedankt habe. Was gibt es denn?«

»Also, die schlechte Nachricht ist, dass es nirgendwo Informationen über Thomas Alain Laurent gibt, außer dem, was du schon weißt.«

»Na, das war dann wohl eine echt kalte Spur«, meint Jacob.

»Ja«, erwidert Lara, »aber es überrascht mich nicht wirklich. Er ist hundert Jahre vor der Erfindung des Internets gestorben. Aber ich habe trotzdem etwas gefunden, oder besser gesagt jemanden. Thomas' älteren Bruder Richard.«

Mein Herz macht einen Sprung. »Lebt er noch?«

»Mach dich nicht lächerlich«, sagt Lara. »Aber er ist in Paris geblieben. Weißt du, französische Namen haben weit weniger Varianten als zum Beispiel amerikanische – es gibt ungefähr tausend Laurents –, aber glücklicherweise hatten die Eltern von Thomas und Richard recht ungewöhnliche *Prénoms* – das sind Vornamen …«

»Könnten wir bitte vorspulen?«, frage ich ungeduldig.

»Na gut«, sagt Lara pikiert. »Ich bin ziemlich sicher, dass ich sie gefunden habe. Deine Laurents. Richard ist vor dreißig Jahren im stolzen Alter von 89 Jahren gestorben, aber seine Enkelin Sylvaine lebt noch in der Stadt. Ich schicke dir ihre Adresse. Vielleicht kennt sie die ganze Geschichte der beiden Brüder. Vielleicht hat sie sogar etwas, mit dem du Thomas' Gedächtnis auf die Sprünge helfen kannst.«

»Lara«, stelle ich fest, »du bist unglaublich.«

»Ich weiß«, erwidert sie. »Aber das war nicht sonderlich schwer. Du wärst überrascht, was man alles herausfinden kann, wenn man weiß, wie man suchen muss. An meiner Schule bringen sie uns ziemlich gründliche Recherchemethoden bei.«

»Gibt es etwas, was an deiner Schule nicht unterrichtet wird?«

»Offenbar wie man einen Poltergeist jagt.«

Jacob schnappt nach Luft. »Lara Chowdhury, hast du gerade einen *Scherz* gemacht?«

Ich kann Lara förmlich lächeln hören.

»Egal jetzt«, sagt sie. »Viel Glück. Und sei vorsichtig.«

»Das musst du nicht jedes Mal sagen.«

»Sollte man meinen.« Sie seufzt. »Trotzdem.«

Wir beenden das Gespräch und auf dem Bildschirm taucht Laras Nachricht mit der Adresse von Madame Sylvaine Laurent im 11. Arrondissement auf.

Ich habe eine Spur.

Jetzt muss ich nur noch meine Eltern davon überzeugen, dass ich sie verfolgen darf.

Beim Frühstück unten im Salon spreche ich das Thema vorsichtig an, und letztendlich ist es leichter, als ich erwartet habe.

Dad strahlt, als ich ihm von einem Durchbruch in dem Fall Thomas berichte. Er ist stolz auf seinen vielversprechenden Sprössling. Doch dieses Mal ist Mum misstrauisch.

»Woher kommt das plötzliche Interesse?«

Ich sehe auf mein Croissant.

»Na ja«, sage ich. »Ich sollte ja Fotos für die Show machen, aber dann habe ich an die ganzen Leute gedacht, deren Geschichten es nicht in die Show schaffen. Ich wollte mehr über sie erfahren und irgendwie bin ich an diesem Thomas hängen geblieben. Ich werde das Gefühl nicht los, dass da mehr dahintersteckt.« Ich kann nur hoffen, dass es nicht so klingt, als hätte ich diesen Satz vor dem Spiegel geübt. Mehrmals.

»Das ist sicher eine interessante Geschichte, Cass«, meint Mum, »und es ist schön, dass du da tiefer nachforschen willst. Aber unser Zeitplan hier ist sehr eng. Es ist unser letzter Filmtag und …«

»Ich kann sie begleiten.«

Das kommt ausgerechnet von Pauline.

»Darum können wir Sie doch nicht bitten«, meint Dad, aber Pauline winkt ab.

»Das ist keine Mühe für mich«, sagt sie. »Sie beide kommen gut mit Anton und Annette aus. Die beiden kennen diese Stadt genauso gut wie ich. Außerdem war Cassidy bislang sehr geduldig und an dieser Mission scheint ihr ja einiges zu liegen.« Sie sieht mich mit hochgezogenen Brauen an und fordert mich offenbar auf, das zu bestätigen.

»Das stimmt!«, rufe ich.

Mum und Dad sehen sich lange an, dann stimmen sie schließlich zu, unter der strikten Voraussetzung, dass ich die Laurents nicht belästige, wenn sie nicht belästigt werden wollen, und dass ich danach direkt zum Hotel zurückkomme.

»Du verpasst den Schlächter von Marmousets«, sagt Mum seufzend.

»Wage ja nicht, zu fragen, was das ist«, warnt Jacob.

Ich schwinge mir die Kameratasche über die Schulter, umarme meine Eltern und klopfe dabei schnell auf Dads Tweedjacke, um zu überprüfen, ob das Säckchen mit Salz und Salbei noch darin ist.

Dann gehen wir los.

»Warum haben Sie angeboten, mich zu begleiten?«, frage ich Pauline auf dem Weg zur Metro.

»Du bist ein Kind«, antwortet sie, »und Paris ist groß. Es ist gefährlich, allein hier herumzulaufen.«

Ich will sie schon darauf hinweisen, dass ich weder ein Kind noch allein bin und dass ich sowieso schon ohne meine Eltern unterwegs war. Andererseits hat das fast mit Tod durch Spiegel geendet, vielleicht hat sie also sogar irgendwie recht. Außerdem habe ich so eine Dolmetscherin dabei.

Ich wippe auf den Fersen. »Und das hat nichts damit zu tun, dass meine Eltern heute zu diesem Schlachter-Ort wollen?«

»Unsinn«, antwortet sie ein wenig zu schnell.

»Sie haben doch nicht etwa Angst, oder?«, frage ich. »Ich meine, Sie glauben doch gar nicht an solche Dinge.«

»Genau.«

Der Zug rattert leise auf seiner Fahrt unter Paris. Es ist warm und der Waggon ist voller unterschiedlicher Menschen, einige in Anzügen, andere in Joggingklamotten, in hohen Absätzen oder Regenbogenballerinas. Die meisten spielen mit ihren Handys herum, aber einige lesen tatsächlich Taschenbücher oder Zeitungen oder starren ins Leere.

Es schaukelt ein wenig, als der Zug schneller wird.

Jacob sieht aus dem Fenster in die Dunkelheit hinter der Scheibe. Es sieht seltsam aus, denn sein Spiegelbild ist streifig und verzerrt. Wie ein Bild unter Wasser, das sich langsam auflöst. Ich muss an den Albtraum denken und bemühe mich sofort, ihn wieder aus meinen Gedanken zu vertreiben. Stattdessen konzentriere ich mich auf Thomas Laurent.

Auf die Tatsache, dass ich ihn seit letzter Nacht nicht mehr gesehen habe.

Irgendwie finde ich das nicht sonderlich beruhigend.

Geistesabwesend fingere ich an der Kamera herum, bis Pauline schließlich darauf deutet.

»Das ist ein interessantes Modell.«

Sie haben ja keine Ahnung, denke ich und streiche

mit den Fingern über das zerschrammte Gehäuse. »Sie ist alt und hat ihre Macken, aber ich mag sie.«

»Mein Vater ist Fotograf«, sagt Pauline. »Er restauriert alte Kameras. Er sagt, sie würden besser sehen als neue.«

»Ja, das tun sie wirklich.« Ich lächle.

»Wenn du möchtest, kann mein Vater deinen Film entwickeln, wenn er voll ist«, bietet mir Pauline an.

Ich sehe auf und lächle sie an. »Echt? Das wäre toll. Ich vermisse meine Dunkelkammer«, gestehe ich. Diesen winzigen Raum zu Hause, der ganz allein mir gehört.

Jacob räuspert sich.

Na gut, uns.

»Vielleicht«, meint Pauline, »könntest du sogar …«

Doch den Rest höre ich nicht.

Ein eisiger Windhauch streicht über meine Haut und Paulines Worte gehen im Kreischen von Metall auf den Gleisen unter.

Der Zug knirscht und ruckt, als wäre jemand zu hart auf die Bremse getreten, und ich verliere beinahe das Gleichgewicht. Gerade noch rechtzeitig fasse ich den Haltegriff fester. Wieder bremst der Zug und bleibt schließlich auf den dunklen Gleisen stehen.

Na super, denke ich noch, bevor alle Lichter ausgehen.

TEIL VIER

Unheil

Kapitel 17

Es ist nicht ganz stockdunkel.

Irgendwo weit hinten im Tunnel glimmt ein Licht, dessen schwacher Schein das Wageninnere erhellt. Die Passagiere beginnen zu murmeln und sich umzusehen, mehr verärgert als besorgt. Doch Paulines Hand fährt sofort zu dem Amulett an ihrem Hals und selbst im Halbdunkel kann ich sehen, wie sich ihre Lippen bewegen.

Jacob kommt näher und sieht mich kurz an.

Im Zwielicht wirkt er fast solide, wie ein normaler Fahrgast.

»Thomas?«, fragt er und ich nicke. Ich hebe den Sucher der Kamera ans Auge und stelle die Linse auf verschiedene Bereiche des Waggons scharf, um nach dem Jungen zu suchen.

»Vielleicht hat das gar nichts mit ihm zu tun«, meint Jacob, doch er klingt nicht überzeugt. »Ich meine, die Züge bleiben doch ständig stehen, oder? Technische

Fehlfunktionen, Strom an der dritten Schiene … Ich habe zwar keine Ahnung, was die dritte Schiene ist, aber ich habe das mal gehört …«

Klar, denke ich und lasse die Kamera sinken. *Und manchmal fallen große Spiegel einfach so von Lastern.*

Ich mache einen Schritt, bleibe dann aber stehen. Ich sollte bleiben, wo ich bin, auf der realen Seite des Lebens.

»Vollkommen deiner Meinung«, sagt Jacob. »Leg dich nicht mit dem Poltergeist an.«

Schließlich kann ich nichts gegen ihn ausrichten, solange ich nicht genug weiß, um ihn an seine Geschichte zu erinnern.

»Nicht mit ihm anlegen«, wiederholt Jacob.

Aber dann sehe ich es durch die Kameralinse – einen Wirbel aus rotem Licht am hinteren Fenster des Waggons.

»Nicht mit ihm anlegen!«, warnt Jacob, als ich nach dem Schleier greife.

Ich kenne jetzt seinen Namen. Seinen ganzen Namen. Letzte Nacht hat das gereicht, um ihn auf die Straße zu rufen. Vielleicht reicht es, um ihn hier und jetzt zu fangen. Vielleicht reicht es, um seine Erinnerung zurückzubringen.

Pauline hat uns den Rücken zugedreht und sieht sich im Waggon um. Ich mache einen Schritt zur Seite, ins Dunkle.

Ein Schwall kaltes Wasser in meiner Lunge, dann …

… bin ich hinter dem Schleier.

Ich erwarte, einen öden grauen Ort vorzufinden, ein Nichts, eine Lücke zwischen Schleiern, einen Ort, an dem kein Geist sein Ende gefunden hat.

Daher bin ich irritiert, als ich auf festen Stahl trete.

Der Waggon ist leer, die Leute sind weg, aber der Waggon selbst ist da, so deutlich, wie er nur in der Erinnerung von jemandem bestehen kann. In der Erinnerung eines Geistes.

Neben mir taucht Jacob auf. »Welchen Teil von *Nicht mit ihm anlegen …*«, beginnt er, bricht aber ab, als um uns herum die Lichter flackern und leere Bänke beleuchten. Nackten Boden. Keine Spur von einem kleinen Jungen in altmodischer Kleidung. Keine dunklen Locken oder glühenden roten Augen. Aber ich weiß, dass er hier ist.

»Thomas?«, rufe ich, doch das Wort verhallt ungehört. *Thomas, Thomas, Thomas.* »Thomas Alain Laurent?«

Ich gehe zum Ende des Waggons und öffne die Tür, um in den nächsten Wagen zu gehen. Ich erwarte, dass er ebenfalls leer ist.

Doch das ist er nicht.

Es ist nicht Thomas, sondern ein großer Mann, der mitten im Waggon steht. Er dreht uns den Rücken zu und schwankt leicht. Unter seinen Stiefeln glänzt es dunkelrot. Er murmelt leise vor sich hin, nicht auf Französisch, sondern auf Englisch.

»Wer war das?«, knurrt er und dreht sich zu uns um. »Wer war das?«

Ich sehe das Messer, das in seinem Bauch steckt. Er hat die Hand um den Griff der Klinge gelegt, als wolle er verhindern, dass sie herausfällt. Ich sehe das Blut, das an ihm herunterläuft. »Wer war das?«, knurrt er wieder und macht einen taumelnden Schritt auf uns zu. »Wart *ihr* das?«

Jacob zieht mich zurück und knallt die Tür zwischen uns zu.

»Na super, das wird mich noch in meinen Träumen verfolgen«, meint er, als wir wieder im anderen Wagen stehen. »Und so lustig das auch war …«

»Un, deux, trois …«, ertönt eine spielerische Stimme hinter mir. Eine vertraute Stimme. Thomas.

Die Stimme kommt aus dem vorderen Teil des Zuges, gemeinsam mit einem gespenstischen roten Leuchten.

Ich steige aus dem Wagen auf die Schienen hinaus und sehe an den Waggons entlang.

»Thomas Alain Laurent!«, rufe ich. »Komm raus, wo immer du auch bist!«

Das rote Licht tanzt an der Tunnelwand entlang und ich höre die Schritte kleiner Füße. Ein leises Kichern. Ich fasse nach meinem Anhänger und schleiche dicht an der Wand aus Waggons nach vorn.

Aber er zeigt sich nicht.

Vielleicht hat Lara recht, vielleicht reicht der Name allein nicht aus.

»Bitte, Thomas«, flehe ich und krame mein mickriges Französisch hervor: *»S'il vous plait!«*

Das rote Licht wird heller, glänzt auf den Schienen und zwischen den Wagen sehe ich plötzlich ein Paar rote Augen. Ich strecke die Hand aus, so wie Thomas es letzte Nacht auf der Straße getan hat, eine Einladung zum Spielen.

Thomas lächelt.

Und dann legt er seine kleinen Hände an die Seite des Zuges. Das rote Licht strömt aus seinen Fingern. Wieder kichert er und verschwindet dann.

»Nein!«, zische ich und springe vor, doch Jacob hält mich am Arm fest.

»Cass!«

»Was ist?«, rufe ich und reiße mich los.

»Der Zug!«

Ich verstehe erst nicht, was er meint, bis ich das Geräusch höre.

Ein schwaches, fernes Ächzen. Kein menschlicher Laut.

Es ist *Metall.*

Und es kommt von der anderen Seite des Schleiers. Der Strom ist wieder da und der Zug fährt weiter.

Ich stürze mich in die Lücke zwischen den Zügen, als der Geisterzug langsam anfährt. Jacob ist zuerst da und springt hinauf, dann streckt er mir die Hand entgegen. Ich bin froh, dass er hier solide genug ist, dass ich sie fassen kann.

Er zieht mich hinauf, als der Zug schneller wird. Ich reiße die Tür auf und gleichzeitig den Schleier zurück. Während um uns herum die Lichter flackernd angehen, betrete ich wieder die reale Welt.

Pauline sieht mich zwischen den Fahrgästen und runzelt die Stirn, als ich auf sie zugehe.

»Da bist du ja«, sagt sie und fasst mich an der Schulter.

Ihre Augen sind groß, ihr Gesicht blass und mit der anderen Hand hält sie ihr Amulett fest. Mir wird bewusst, dass ich sie gerade zum ersten Mal so fassungslos sehe. Es ist das erste Mal, dass ihre ruhige Maske einen Riss bekommen hat und ich die Wahrheit dahinter sehe: Angst.

Pauline hat Angst.

»Sie sind keine Skeptikerin, nicht wahr?«, frage ich.

Sie lässt meine Schulter los und stößt gepresst den Atem aus.

»Ich weiß nicht, wovon du redest.«

Ich sehe sie misstrauisch an. »Sie sind nicht nur ein bisschen abergläubisch. Sie glauben an Geister.«

»Nein, natürlich nicht!«, streitet Pauline ab.

Doch das Nein kommt zu schnell und zu heftig.

»Warum schämen Sie sich denn dafür?«, frage ich. »Sie arbeiten gerade mit Leuten zusammen, deren Job es ist, an Geister zu glauben.«

»Ich schäme mich für gar nichts«, behauptet Pauline und verschränkt die Arme vor der Brust. »Ich *will* nur nicht an Geister glauben.«

»Aber Sie tun es.«

Sie seufzt. Zögert. »Wie hast du es ausgedrückt? Es ist leicht, nicht daran zu glauben, aber dann erlebt man etwas, und danach fällt es einem plötzlich schwer, nicht daran zu glauben.«

Der Zug fährt in die Station ein.

»Ich habe … Dinge gesehen, ein- oder zweimal. Dinge, die ich nicht erklären kann.« Pauline schüttelt den Kopf, als die Türen aufgehen. »*Mon dieu*, ich klinge wie eine Idiotin.«

Ich zucke mit den Achseln. »Finde ich nicht.«

Sie wirft mir ein kurzes, schmallippiges Lächeln zu, dann scheucht sie mich aus dem Zug auf den Bahnsteig.

Hier sind noch mehr Menschen unterwegs als üblich. Sie murmeln halblaut vor sich hin und haben sich vor den elektronischen Anzeigen versammelt, die die verschiedenen Metrolinien anzeigen. Rote Warnlichter tauchen daneben auf. Erst eines, dann zwei, dann vier.

»Was ist los?«, frage ich.

»Sieht aus, als wäre unser Zug nicht der einzige mit Schwierigkeiten«, erklärt Pauline.

»Aber Thomas kann auf keinen Fall *all das* ausgelöst haben!«, meint Jacob. Er sieht mich ein wenig nervös an. »Oder?«

Ich möchte ihm glauben. Aber ich tue es nicht. Die Warnlichter blinken rot, und ich sehe wieder die Augen des Poltergeistes und das rote Licht, das sich überall um ihn herum ausgebreitet hat.

Erst kommt Unfug, dann Unfälle, dann Unheil.

Je mehr Unheil ein Poltergeist anrichtet, desto stärker wird er.

Wir müssen uns beeilen.

Ich wende mich an Pauline und zeige ihr die Adresse von Sylvaine Laurent. »Gehen Sie vor.«

»Sag mal, Cassidy«, fragt Pauline unterwegs, »warum interessiert dich diese Familie eigentlich so sehr?«

»Mum sagt, dass ich schon immer sehr neugierig war.«

Pauline sieht mich skeptisch an. »Und das ist alles? Oder gibt es noch einen Grund, warum du die Laurents besuchen willst?«

Ich wiege mich nachdenklich hin und her. »Wollen Sie das wirklich wissen?«

Pauline scheint ernsthaft darüber nachzudenken und sagt dann: »Nein, ich glaube nicht. Aber du solltest es mir wohl trotzdem erzählen.«

Also tue ich es.

Ich erzähle ihr von Geistern und Poltergeistern, von der Tatsache, dass ich wohl irgendwie einen Poltergeist geweckt habe, der mich jetzt verfolgt und allen möglichen Unsinn anstellt.

Pauline blinzelt und ihre Hand fährt zu ihrem Amulett. »Und die Laurents …?«

»Das ist die Familie des Poltergeistes«, erkläre ich. »Ich hoffe, sie können mir sagen, was wirklich mit Thomas geschehen ist, denn das kann mir helfen, ihn weiterzuschicken.«

Pauline will etwas sagen, doch in diesem Augenblick rast ein Krankenwagen mit heulenden Sirenen vorbei. Sie wartet, bis sie leiser werden, und fängt dann von Neuem an.

»Und warum ist es deine Aufgabe, diesen Geist weiterzuschicken?«

»Das ist die große Frage!«, meint Jacob, doch ich ignoriere ihn.

»Ich schätze, weil ich es kann. Vor etwa einem Jahr wäre ich beinahe gestorben und jetzt kann ich durch den Schleier gehen – das ist die Grenze zwischen dieser Welt und der der Geister –, und meine Freundin Lara sagt, es ist wie eine Schuld, die ich zurückzahlen muss.«

»Das scheint mir eine schwere Aufgabe für ein so junges Mädchen zu sein.«

»Oh, aber ich muss sie nicht allein bewältigen«, sage ich. »Ich habe Jacob.«

Sie zieht eine Braue hoch. »Jacob?«

»Er ist mein bester Freund«, sage ich und füge hinzu: »Er ist ein Geist.«

Dieses Mal schießen beide Augenbrauen in die Höhe. »Ich verstehe.« Trotz dem, was sie gerade über ihren eigenen Glauben an Geister gesagt hat, kann ich sehen, dass sie mir nicht glaubt.

Als ich ihr das sage, schüttelt sie den Kopf. »Ich glaube, dass du es glaubst.«

Ich schüttle ebenfalls den Kopf. »Wie kommt es, dass Erwachsene es immer als Fantasie abtun, wenn Kinder an etwas glauben, aber wenn sie selbst daran glauben, gehen sie automatisch davon aus, dass es wahr ist?«

»Ich bin nicht sicher, ob irgendjemand davon ausgehen würde, dass *das* wahr ist.«

»Aber Sie haben gerade gesagt, Sie hätten Dinge gesehen. Sie haben gesagt, Sie würden daran glauben.«

Wieder schüttelt Pauline den Kopf. »Der Glaube ist keine Decke, Cassidy. Er deckt nicht alles ab. Verzeih mir, aber es gibt einen großen Unterschied zwischen dem Glauben an das Übernatürliche im Allgemeinen und dem Glauben daran, dass das zwölfjährige Mädchen, mit dem man durch Paris läuft, eine Geisterjägerin mit einem toten Sidekick ist.«

»Also bitte!«, entrüstet sich Jacob. »Wen nennt sie hier einen Sidekick?«

Bevor ich erklären kann, dass er eher mein Komplize ist, bleibt Pauline stehen und deutet auf ein zitronengelbes Gebäude mit weißen Stuckornamenten und Blumenkästen an den Fenstern. »Wir sind da.«

Es ist ein altes Wohnhaus. Lara hat mir keine Wohnungsnummer gegeben, aber ein kurzer Blick auf die

Klingeln an der rechten Seite sagt mir, dass Mme Laurent in 3A wohnt. Ein Mann kommt gerade aus der Tür und ich halte sie fest, bevor sie hinter ihm zuschlagen kann. Pauline und ich schlüpfen hinein.

Als wir die Treppe hinaufsteigen, fange ich schließlich an, nervös zu werden.

Was ich hier mache, ist lächerlich und verrückt.

»Stimmt«, findet Jacob.

Ich hoffe, Laras investigativer Einsatz hat sich gelohnt und wir sind an der richtigen Adresse.

Allerdings ist das hier auch meine einzige Spur.

Bei 3A angekommen, zögere ich kurz und schlucke einmal, bevor ich an die Holztür klopfe.

Gleich darauf wird sie von einem Mädchen geöffnet.

Sie ist vielleicht ein oder zwei Jahre jünger als ich und trägt goldene Sneaker, Jeans und einen rosa-weißen Pulli. Ihre Haut ist hell und ihr hellbraunes Haar zu einem hohen Pferdeschwanz gebunden, der glänzend und glatt in ihrem Nacken hängt. (Ich weiß wirklich nicht, wie Menschen es schaffen, ihre Haare so ordentlich zu kämmen – meine sind immer durcheinander.) Aus ihrem Mundwinkel hängt der weiße Stängel eines Lollis.

»Bonjour«, sagt sie fragend und reckt das Kinn vor.

Ich sehe über die Schulter zu Pauline, doch die sagt nichts, sondern steht nur wenig hilfreich hinter mir, daher drehe ich mich wieder zur Tür.

»Hi«, antworte ich auf Englisch. »Äh, *parlez-vous anglais*?« Mein mickriges bisschen Französisch hört sich ziemlich holperig an.

Das Mädchen sieht mich neugierig an und nickt dann.

»Ja«, sagt sie stolz. »Ich gehe auf eine internationale Schule, da müssen wir das lernen. Es ist eine ... plumpe Sprache, *n'est-ce pas*?«

»Klar«, gebe ich zu, heilfroh, dass sie mich versteht. »Bist du Sylvaine Laurent?«

Sie fährt ein wenig zurück. »Mais non«, erwidert sie mit nervösem Lächeln. »Ich bin Adele. Sylvaine ist meine Mutter. Maman!«, schreit sie in die Wohnung und geht dann, ohne auch nur Tschüss zu sagen, einfach weg.

Einen Augenblick später erscheint eine Frau und wischt sich die Hände an einem Küchenhandtuch ab. Sie sieht genauso aus wie Adele, nur älter, und ihr hellbraunes Haar fällt lose bis auf ihre Schultern. Sie legt sogar den Kopf auf dieselbe Weise schief, als sie zur Tür kommt.

»Oui?«, fragt sie Pauline.

Doch Pauline schüttelt den Kopf. *»C'est ne pas moi«*, sagt sie und nickt zu mir. Ich schätze, da muss ich allein durch. Sylvaine starrt mich misstrauisch an.

»Hi, Madame Laurent«, sage ich und versuche, mir Mums freundliches Lächeln oder Dads Selbstvertrauen zu eigen zu machen. »Ich betreibe Nachforschungen zu einer Geschichte über Ihren Großonkel Thomas Laurent.«

Sylvaine runzelt ein wenig die Stirn. »Was für eine Geschichte?«

»Na ja«, antworte ich zögernd, »äh, wohl eine Art Nachforschungsgeschichte?«

»Na, das läuft ja super«, wirft Jacob ein und wippt auf den Fersen.

»Wie hast du von Thomas erfahren?«, will Sylvaine wissen. Einen Moment lang bin ich froh, dass sie wenigstens weiß, von wem ich rede, doch die Aufregung legt sich gleich wieder, als ihr Stirnrunzeln zu einem bösen Blick wird.

»Oh, ähm …« Ich schlucke und wünschte mir, ich wäre ein wenig älter oder zumindest ein bisschen größer. »Nun, meine Eltern drehen gerade eine Fernsehsendung über Geister in Paris und wir waren in den Katakomben, und da habe ich gehört …«

Doch Madame Laurent schüttelt schon den Kopf.

»Was mit Thomas passiert ist, ist schon sehr lange her«, sagt sie kalt. »Darüber spricht man nicht.«

Ich sehe zu Pauline, flehe sie stumm an, etwas zu sagen oder zu tun, doch sie zuckt nur mit den Achseln.

Das Mädchen, Adele, taucht hinter ihrer Mutter im Flur auf, offensichtlich neugierig.

»Bitte, Madame Laurent«, versuche ich es erneut. »Ich möchte nur helfen …«

Doch sie lässt es mich nicht einmal erklären, sondern wendet sich an Pauline. Sie wechseln schnell ein paar Worte auf Französisch, dann legt mir unsere Stadtführerin die Hand auf die Schulter.

»Komm, Cassidy«, sagt sie. »Wir müssen zurück zu deinen Eltern.«

»Aber ich muss wissen …«

»Non«, erklärt Madame Laurent und läuft rot an. »Musst du nicht. Geschichte ist Geschichte. Sie ist vorbei. Und *privat!*«

Damit knallt sie mir die Tür vor der Nase zu.

Kapitel 18

Niedergeschlagen lasse ich mich mit dem Rücken gegen die Wand fallen.

Einen Schritt vor und zwei zurück und keinen Schritt näher daran, Thomas weiterzuschicken.

»Du hast es versucht«, sagt Pauline. »Und es hat nicht funktioniert. So etwas passiert.« Sie zieht einen Zettel aus der Tasche. Einen Zeitplan. »Deine Eltern sollten auf dem Weg zur Pont Marie sein. Wir können sie dort treffen …«

»Sie *wussten*, dass sie nicht mit mir sprechen würde.«

Wieder zuckt Pauline mit den Achseln. »Ich habe es vermutet. Die Franzosen legen Wert auf ihre Privatsphäre.«

»Aber Sie haben nichts gesagt!«, rufe ich verzweifelt. »Sie haben mich bis hierher gebracht. Warum haben Sie mich nicht gewarnt?«

»Hätte dich das denn abgehalten?«

Ich mache den Mund auf, um zu protestieren, klappe ihn aber gleich wieder zu.

»Das dachte ich mir.«

Ich will schreien, will sagen, dass es funktionieren *muss*. Dass Thomas stärker wird und dass ich seine Geschichte herausfinden muss, damit ich ihn daran erinnern kann, wer er ist, damit der Spiegel funktioniert und ich ihn weiterschicken kann, bevor jemand verletzt wird oder etwas noch Schlimmeres passiert.

Stattdessen drücke ich mir nur kurz die Handballen gegen die Augen, um den Kopf freizubekommen, während ich Pauline die Treppe hinunter ins Freie folge.

Schweigend gehen wir zum Drehort meiner Eltern und die Stille wird nur gelegentlich von einem Martinshorn und einem vorbeirasenden Einsatzwagen unterbrochen. Ich sage mir jedes Mal, dass nicht Thomas der Auslöser dafür ist. Zumindest hoffe ich, dass es nicht Thomas ist.

»Sieh es doch mal positiv«, verlangt Jacob. »Wenn das tatsächlich alles Thomas verursacht hat, dann heißt das, dass er nicht mehr nur auf dich fixiert ist.«

Irgendwie fühle ich mich dadurch nicht besser.

Jacob sieht über die Schulter zurück und runzelt die Stirn.

Was ist los?, frage ich in Gedanken.

Er zögert und schüttelt dann den Kopf. »Nichts.«

Wir erreichen die Seine, und ich sehe meine Eltern an der steinernen Brüstung einer Brücke lehnen und darauf warten, dass Anton und Annette die Kameras bereit machen.

In Paris gibt es haufenweise Brücken, die über den Fluss und zu den beiden Inseln in der Mitte führen. Diese Brücke hier sieht nicht wirklich besonders aus – sie ist aus dem gleichen grauen Stein wie so viele andere Gebäude hier in Paris, doch sobald ich sie betrete, beginnt der Schleier zu pulsieren und um mich herum zu flattern. Jacob wirft mir einen warnenden Blick zu. Ich zwinge den Schleier zurück und schaffe es, weiterzugehen.

Als Pauline und ich Mum und Dad erreichen, fangen sie gerade an zu drehen.

»Es gibt viele Geistergeschichten in Paris«, beginnt Mum. »Einige von ihnen sind beängstigend und einige seltsam, manche grausam und manche einfach nur traurig. Doch wenige sind so tragisch wie die des Geistes der Pont Marie.«

Wieder sieht sich Jacob um, und ich nehme an, dass er nach Thomas Ausschau hält.

»Während des Zweiten Weltkriegs setzte die Widerstandsbewegung Spione ein, um an Informationen zu kommen und Geheimnisse von den Nazis zu stehlen.«

»Hey, Cass!«, sagt Jacob, doch ich bedeute ihm, still zu sein.

»Es heißt, dass die Frau eines Resistance-Mitgliedes auf ungewöhnliche Weise zur Spionin wurde. Sie begann eine Affäre mit einem Nazisoldaten und überbrachte seine Geheimnisse ihrem Mann. Immer um Mitternacht trafen die Frau und ihr Mann sich dazu hier auf der Pont Marie …«

»Cass«, flüstert Jacob erneut.

»Was ist denn?«, zische ich.

»Jemand verfolgt uns.«

Was?

Ich drehe mich um und folge Jacobs Blick. Schon hebe ich die Kamera ans Auge und mache mich darauf gefasst, Thomas zu sehen, doch stattdessen sehe ich ein Mädchen mit einem hohen Pferdeschwanz und goldenen Turnschuhen, die in der Sonne glänzen.

Adele.

Man muss ihr zugutehalten, dass sie gar nicht erst versucht, sich zu verstecken. Sie tut nicht mal so, als würde sie irgendwo anders hinsehen. Sie steht einfach mit verschränkten Armen am Ende der Brücke, den Kopf schief gelegt, den Lollistiel im Mundwinkel.

»In einer kalten Winternacht kam die Frau wie immer auf die Brücke, ihr Mann jedoch nicht«, fährt Mum fort. »Er kam nicht und sie erfror genau hier mit all ihren Geheimnissen …«

Ich gehe zu Adele.

Sie ist einen guten Kopf kleiner als ich, sieht mich aber ohne zu blinzeln an.

»Wie lange folgst du uns schon?«, will ich wissen.

»Seit ihr unser Haus verlassen habt«, meint sie achselzuckend.

»Warum?«

»Ich habe gehört, was du zu meiner Mutter gesagt hast.« Sie sieht mich scharf an. »Warum interessiert dich die Geschichte von Thomas Laurent wirklich?«

»Habe ich deiner Mutter doch schon gesagt. Ich recherchiere für einen Artikel.«

»Warum?«

»Für die Schule«, lüge ich.

»Es sind Sommerferien.«

»Na gut«, gebe ich zu. »Ich will es einfach wissen.«

»Warum?«

»Ich bin neugierig.«

»Warum?«

Ich seufze entnervt. »Weil ich eine Geisterjägerin bin und Thomas Laurent ein Geist. Genau genommen ist er sogar ein Poltergeist, das ist wie ein normaler Geist, nur stärker. Zufällig habe ich ihn aufgeweckt oder so und jetzt sorgt er für jede Menge Probleme. Ich muss ihn auf die andere Seite weiterschicken, aber das kann ich erst, wenn ich weiß, wer er ist – oder war –, weil er sich selbst nicht daran erinnert.«

Jacob legt den Kopf in die Hände und stöhnt, aber Adele starrt mich nur an, beißt sich von innen auf die Backe, und ich frage mich, ob die Hälfte meiner Worte vielleicht an der Sprachbarriere hängen geblieben ist.

Doch nach einer kleinen Weile nickt sie.

»Okay.«

»Okay?«

»Ich glaube dir.«

Sie hat einen kleinen Rucksack auf der Schulter, den sie jetzt öffnet und ein Dutzend Karten mit ausgefransten Rändern daraus hervorholt.

»Die habe ich dir mitgebracht«, sagt sie und hält sie mir hin. Es sind alte, ausgeblichene Schwarz-Weiß-Fotografien.

Das oberste Foto zeigt einen Jungen. Ich erkenne Thomas sofort.

Das runde Gesicht, die wilden Locken, das Lächeln. Hier ist es nicht bedrohlich, sondern offen und fröhlich. Der Anblick dieses Jungen, nicht verblasst, sondern fest, strahlend und lebendig, berührt mich tief.

Er ist so real.

Ich nehme die Fotos und sehe den Stapel durch. Auf dem nächsten Bild ist Thomas nicht allein. Neben ihm steht ein Junge, der ein paar Jahre älter ist als er selbst, und legt ihm spielerisch eine Hand auf den Kopf. Das muss …

»Das ist Richard«, sagt Adele. »Thomas' älterer Bruder. Mein Urgroßvater.«

Das dritte Foto ist ein Familienportrait, auf dem die beiden Jungen nebeneinander zwischen ihren Eltern stehen, die sich steif und gerade halten. Auf dem letzten Foto steht der ältere Junge, Richard, allein vor einem Pariser Gebäude. Er sieht ein wenig traurig aus. Ich erkenne die Tür und die Fensterbögen. Ich war gerade erst dort. Es ist das Haus, in dem die Laurents heute immer noch wohnen.

»Helfen dir diese Fotos?«, fragt Adele.

»Ja, danke.« Ich nicke.

Es ist nicht Thomas' Geschichte, aber es ist immerhin etwas. Schließlich sind Fotos Erinnerungen auf Papier. Vielleicht reicht das ja, damit er sich wieder erinnert. Aber dazu muss ich ihn erst mal wiederfinden.

»Cass!«, ruft Mum, die mit Dad und der Crew zu uns herüberkommt.

Jacob schnieft und zieht sich zurück, abgestoßen von den Säckchen mit Salz und Salbei, die ich ihnen zugesteckt habe. »Wir sind hier fertig. Wie war dein Abenteuer? Und wer ist diese reizende junge Dame?«

»Adele Laurent«, kommt sie mir zuvor. »Ich helfe Cassidy mit ihrem …« Ich muss mich beherrschen, ihr nicht schnell den Mund zuzuhalten, und sie fährt fort: »… Forschungsprojekt.«

Pauline sieht überrascht aus, doch Mum strahlt: »Wie schön!«

»Das ist wunderbar«, findet auch Dad.

»Ja, sie war mir eine große Hilfe«, bemerke ich.

Ich will ihr schon anbieten, sie nach Hause zu begleiten – denn das wäre eine perfekte Gelegenheit, wegzukommen und vielleicht noch etwas mehr über

Thomas zu erfahren –, doch Adele fragt: »Sie drehen eine Fernsehsendung über Geister, *n'est pas*?«

»Das stimmt«, antwortet Dad. »Wir sind auf dem Weg zu unserem nächsten Drehort. Unserem letzten.«

Adele strahlt. Und bevor ich etwas sagen kann, behauptet sie: »Cassidy hat gesagt, ich könne mitkommen.«

Das habe ich ganz sicher nicht.

»Natürlich«, freut sich Mum. »Solange es deinen Eltern recht ist?«

Adele zuckt mit den Achseln. »*Maman* ist es egal, wohin ich gehe, solange ich vorsichtig bin.«

Die Glückliche, denke ich.

»Gut«, meint Dad und deutet auf die Insel hinter der Brücke, auf der eine Kathedrale in den Himmel emporragt. »Wir müssen jetzt nur noch in Notre-Dame filmen.«

»C'est cool!«, findet Adele.

Sobald sich meine Eltern umdrehen, sage ich zu Adele: »Ich habe nie gesagt, dass du mitkommen darfst.«

Sie zuckt wieder mit den Schultern. »Weiß ich. Aber es sind Sommerferien. Sonst ist nicht viel zu tun. Und das hier klingt viel spannender, als nur fernzusehen. Außerdem schuldest du mir was. Ich habe dir geholfen.«

»Ja, das hast du«, gebe ich zu. »Und vielen Dank

auch für die Fotos. Aber das hier ist gefährlich und du solltest lieber nach Hause gehen.«

»Ich kann dir aber noch mehr helfen«, behauptet Adele dickköpfig. »Ich spreche Französisch und ich passe in ganz kleine Räume …«

»Adele …«

»Außerdem gehört er zu *meiner* Familie, nicht zu deiner.«

»Mädchen!«, ruft Mum. »Kommt ihr?«

Adele lächelt und läuft ihr nach.

Und irgendwie habe ich so plötzlich einen Schatten an mir hängen.

Kapitel 19

Wir gehen durch die gewundenen Straßen auf die beiden steinernen Türme von Notre-Dame zu.

Auf dem Weg sehe ich mir die alten Fotos noch einmal an und suche nach Hinweisen. Immer wieder komme ich zu dem Bild mit den beiden Brüdern zurück. Sie lächeln und Richard hat Thomas eine Hand auf die wirren Haare gelegt. Bisher habe ich mich auf Thomas konzentriert, aber dieses Mal bleibt mein Blick an Richard hängen. Sein Haar, das halb unter einer Mütze verborgen ist, ist heller als das von Thomas, sein Gesicht schmaler und kantiger, aber seine Augen sind es, die mir auffallen. Sie sind fröhlich, strahlend, und sie erinnern mich an jemanden.

»Er sieht irgendwie aus wie du«, flüstere ich und zeige Jacob das Foto. Ein Schatten huscht über sein Gesicht und einen Moment lang sieht er abwesend und traurig aus.

»Das finde ich nicht«, meint er und sieht weg.

»Mit wem redest du?«, will Adele wissen, die neben mir entlanghüpft.

»Jacob. Er ist ein Geist.«

Adele zieht die Nase kraus. »Ich dachte, du jagst Geister?«

Jacob und ich wechseln einen Blick.

»Tue ich«, sage ich. Einen Augenblick lang sehe ich wieder den Albtraum vor mir, verdränge ihn aber schnell. »Aber Jacob ist anders.«

Ein plötzlicher, eisiger Hauch fegt über uns hinweg. Ich erstarre und will mich schon nach Thomas umsehen, doch auch Adele scheint den Luftzug zu spüren. Sie verschränkt die Arme und zieht die Schultern zusammen.

»Ist euch aufgefallen, dass es kälter wird?«, fragt sie.

»Das kann nichts Gutes bedeuten«, orakelt Jacob, und ich weiß nicht, ob er die gesunkenen Temperaturen meint oder die Tatsache, dass die Kälte jetzt so intensiv ist, dass auch normale Menschen sie spüren können. Beidem würde ich zustimmen.

Ich gehe schneller. An der nächsten Kreuzung holen wir meine Eltern und die Filmcrew ein und warten darauf, dass die Fußgängerampel grün wird. Die Kälte umgibt uns immer noch, und ich sehe mich um, sicher, dass gleich irgendetwas passieren wird. Aber es tut sich nichts, und ich frage mich schon, ob es nicht doch nur ein Wetterumschwung ist, als die Ampel grün wird und ich auf die Straße trete.

Nach den ersten beiden Schritten höre ich Reifen quietschen und eine Hupe aufheulen.

Zu spät hebe ich den Blick. Zu spät erst sehe ich das Auto. Jacob wirbelt auf mich zu, doch es ist Dad, der mich an der Schulter packt und von der Straße zerrt. Gleich darauf rast das Auto wild hupend vorbei und ich stehe keuchend und zitternd am Straßenrand.

»Cassidy!«, fährt Dad auf. »Was hast du dir nur dabei gedacht?«

»Aber die Ampel …«, beginne ich und sehe zur Kreuzung. Die Fußgängerampel ist tatsächlich grün. Allerdings auch jede andere Ampel. Überall wird gehupt, Autos bremsen scharf und auf der Kreuzung herrscht das absolute Chaos.

»Das muss eine Störung sein«, sagt Mum und zieht mich an sich.

»Ja«, stimme ich ihr mit vor Kälte klappernden Zähnen zu. »Bestimmt.«

Mit einem hat Jacob recht.

Thomas ist nicht mehr nur mein Problem.

Er ist ein Problem für alle.

Zehn Minuten später steigen wir einen der Türme von Notre-Dame hinauf.

Wir haben dreißig Minuten Zeit für den Dreh. Die

Touristen vor uns sind hinausgebracht worden und die hinter uns werden eine Weile aufgehalten, damit wir auf der engen Wendeltreppe allein sind. Nur das Filmteam, Mum und Dad, Pauline, ich und Jacob – und Adele, die die Stufen fast hinaufspringt. Ich ziehe meinen Pulli fester um mich. Vielleicht ist es auf der Treppe einfach nur zugig, aber ich werde das Frösteln nicht los.

»Tausende strömen nach Notre-Dame, um die geschnitzten Tore und die Buntglasfenster zu sehen«, erzählt Dad in die Kamera.

»Aber diese mittelalterliche Kathedrale hat ebenso viele Geister wie Wasserspeier«, fällt Mum ein.

»Und warum brauchen sie so viele Treppen?«, fragt Jacob beim Weitergehen.

Sagt der, der sie gar nicht raufzugehen braucht.

Jacob sieht mich einen Moment mit großen Augen an und kratzt sich dann am Kopf: »Stimmt ja. Hab ich ganz vergessen.«

Ich verdrehe die Augen und er salutiert.

»Ich sehe euch körperliche Kids dann auf der Spitze«, sagt er und verschwindet durch die Decke nach oben.

Adele zieht den weißen Stängel aus dem Mund, von dem der Lolli inzwischen ganz verschwunden ist, und steckt ihn ein. Aus der Tasche holt sie zwei weitere Lollis und reicht mir einen. Obwohl mein Magen völlig verkrampft ist, nehme ich ihn an.

»Woher weißt du, ob es an einem Ort spukt?«, fragt sie mich.

»Ich kann es spüren«, antworte ich leise. »Die Welt wird ... irgendwie schwerer, und wenn ein Geist in der Nähe ist, fühlt es sich für mich so an.« Ich klopfe ihr mit dem Finger auf die Schulter. *Tipp-tipp-tipp.*

Zu Hause, wo es deutlich weniger spukt, kommt dieses Tippen immer wie aus dem Nichts und trifft mich völlig überraschend. Aber seit wir uns auf diese Reise begeben haben, ist es wie ein ständiger Rhythmus. Es ist mal schwächer und mal stärker, aber in diesen Städten gibt es so viele Geister, dass es eher auffällig ist, wenn das Tippen mal aussetzt.

Adele lächelt. »Cool. Kannst du mir das beibringen?«

Ich schüttle den Kopf. »Nein, tut mir leid. So etwas kann man nicht lernen.«

Sie zieht verwundert die Stirn kraus und ich erkläre ihr: »Es funktioniert nur, wenn man beinahe gestorben wäre.«

Sie reißt die Augen auf, und ich kann sehen, dass sie noch Tausend Fragen hat, doch wir erreichen den nächsten Treppenabsatz und ich unterbreche sie: »Wir müssen still sein, während sie drehen.«

Wir betreten einen Balkon voller steinerner Monster. Über unseren Köpfen und um uns herum befindet sich eine Art Metallkäfig, eine Schranke zwischen uns und dem Abgrund. Ich bleibe zurück, doch Adele streckt die Hand durch das Gitter, um einen Gargoyle am Fuß zu streicheln.

Mum fährt mit der Hand über das Metall und erzählt: »Dieser Zaun ist nicht zur Zierde da. Manche Menschen sind hier schon hinuntergestürzt. Andere sind gesprungen. Ein paar wurden vielleicht sogar gestoßen. Zum Beispiel eine junge Frau, die man nur als M.J. kennt. Sie wollte hier heraufsteigen, brauchte dafür aber eine Anstandsdame, daher hat sie sich mit einer alten Frau angefreundet, und gemeinsam kamen sie hierher.« Mums Gesicht verdüstert sich. »Niemand weiß, was dann geschehen ist. Der Leichnam der jungen Frau wurde unten auf den Steinen gefunden, doch die alte Dame hat man nie wieder gesehen.«

Ich schaudere ein wenig und spüre das *Tipp-tipp-tipp*. Aber Adeles Augen leuchten bei Mums Erzählung auf. Als ob das alles nur Geschichten wären, von der Realität ebenso getrennt wie wir durch das Metallgitter vom Rand des Balkons.

Jacob steht an der Ecke und sieht mit düsterem Gesicht über die Stadt. Ich gehe zu ihm und folge seinem Blick. Der Anblick von Paris unter uns verschlägt mir fast den Atem.

Aber das liegt nicht nur an der Aussicht.

Es ist der Klang der Sirenen, die in der ganzen Stadt laut pfeifen.

Die roten und blauen Lichter, die überall aufblitzen.

Eine Rauchsäule, die aus einem Haus in der Ferne aufsteigt.

Die Kälte, die in der Luft hängt, als wäre es schon Herbst anstatt Hochsommer.

Thomas Alain Laurent ist offiziell zum Stadium *Unheil* übergegangen.

Mum und Dad gehen mit dem Filmteam weiter und verschwinden im Glockenturm am Ende des Balkons. Adele folgt ihnen, doch ich bleibe noch zurück und sehe durch den Zaun. Wir sind sehr hoch oben. Und das bedeutet, es ist ein weiter Weg bis nach unten.

Ich beginne, einen Plan zu entwickeln.

Jacob sieht mich entsetzt an.

»Cassidy, warte …!«

Doch ich schlüpfe schon durch den Schleier.

Der kurze, heftige Sturz durch schwarzes Wasser ins Graue, dann stehe ich wieder auf dem Balkon der Kathedrale. Die Glocken läuten und die beiden Türme verschwinden oben im Nebel.

Es gibt nur einen Unterschied. Hier hinter dem Schleier gibt es keinen schützenden Käfig, nur das Geländer, und dahinter den Abgrund und die Aussicht auf einen sehr tiefen Sturz.

Das hat schon mal funktioniert, denke ich und zwinge mich, auf das Geländer zuzugehen. Ich bekomme Angst – Höhenangst, die Angst zu stürzen, Angst, dass das hier funktioniert, Angst, dass es das nicht tut – aber vielleicht ist die Angst ja ausschlaggebend. Angst gehört zur Gefahr, zum Risiko, das einen Poltergeist anzieht wie eine Kerze die Motten.

Ich hole tief Luft und setze einen Fuß auf das Geländer, doch Jacob packt mich am Arm und zieht mich auf den Boden zurück. Sein Gesicht ist ganz weiß vor Schreck.

»Was machst du denn da, Cass? Auf ein Mausoleum zu klettern, ist eine Sache. Das hier ist etwas komplett anderes! Du wirst dich noch umbringen!«

»Werde ich nicht«, sage ich und versuche, mich loszumachen. »Ich muss nur eine Möglichkeit schaffen.«

»Ich habe hart darum gekämpft, dir das Leben zu retten, und ich werde nicht zulassen, dass du es jetzt einfach wegwirfst!«

»Ich werfe gar nichts weg, Jacob. Ich zahle meine Schulden zurück. Ich tue meinen Job.«

»Warum ist *das* dein Job? Weil Lara es gesagt hat? Die weiß auch nicht alles. Auch wenn sie gern so tut. Und ich werde dich nicht auf dieses Geländer steigen lassen.«

»Na gut«, lenke ich ein. »Dann überlege ich mir eben etwas anderes.« Ich beginne, auf und ab zu gehen. »Ich muss ihn hervorlocken. Es muss doch eine Möglichkeit geben, ihn in die Enge zu treiben, nur lange genug, dass ich …«

»Genug!«, schreit Jacob. Aller Humor ist aus seiner Stimme gewichen. »Es reicht. Jetzt gib endlich zu, warum das hier *wirklich* so wichtig für dich ist.«

»Was?«, frage ich verwundert.

»Die zweite Freundschaftsregel lautet: keine Lügen, Cassidy. Außerdem hast du praktisch an gar nichts anderes mehr gedacht, seit wir nach Paris gekommen sind. Also gib es doch zu. Du machst dir nicht nur Sorgen um Thomas Laurent. Es geht hier um *mich.*«

Die Worte treffen mich wie ein Schlag.

»Was? Nein, ich …«

Doch dann zögere ich.

Es ist mir gar nicht aufgefallen.

Aber er hat recht.

Es ist nicht der einzige Grund, aber auf jeden Fall einer davon.

Die Wahrheit ist, dass ich Angst habe. Angst vor Jacobs wachsender Macht, Angst davor, was das bedeutet. Angst, dass Lara recht hat. Angst davor, meinen besten Freund nicht retten zu können.

»Angst davor, dass ich zu einer Art *Monster* werde?«, knurrt Jacob. Sein Gesicht wird düster und seine Haut grauer.

»Jacob …«

»Vertraust du mir nicht?«

»Doch, schon, aber …«

»Aber du glaubst, ich werde zu der Art Geist, die du jagen sollst. Oder besser gesagt, die du jagen *musst.* Denn ich bin ja schon einer, den du jagen *solltest*, wie könnte ich das vergessen.«

»Hör auf!«, flehe ich.

Doch Jacob zittert vor Wut. »Und nur dass du es weißt!«, zischt er. »Ich erinnere mich an alles – *alles!* – an mein Leben und daran, wie es endete. Ich will nur nicht mit dir darüber sprechen.«

»Warum denn nicht?«

»Weil es dich nichts angeht!«, fährt er auf, und die Haare um sein Gesicht stellen sich auf, als würde die Luft um ihn herum zu Wasser. »Weil ich nicht daran denken will!« Seine Kleidung wird dunkler, nass. »Und ich will nicht, dass du es weißt, weil du mich dann anders sehen würdest.« Seine Brust bebt heftig und sein T-Shirt scheint durchweicht. »Dann bin ich nicht mehr der Junge, der dir das Leben gerettet hat, dann bin ich der, der gestorben ist, und …«

Bevor er weiterreden kann, schlinge ich die Arme um seine Schultern und halte ihn so fest ich nur kann, hier an diesem Ort, an dem ich weniger solide bin und er mehr real. Einen Augenblick bleibt Jacob einfach nur stehen, und ich weiß nicht, ob er noch wütend ist oder einfach nur überrascht. Dann bricht sein Widerstand. Er lässt die Schultern hängen. Sein Kopf sinkt an meine Schulter.

»Ich weiß nicht, was mit mir passiert«, sagt er. »Ich weiß nicht, was es bedeutet. Es macht mir auch Angst. Aber ich will nicht gehen. Ich will dich nicht verlieren. Oder mich selbst.«

Ich halte ihn noch fester.

»Das wirst du auch nicht. Denn du hast etwas, was der Poltergeist nicht hat.«

»Und das wäre?«

Ich weiche ein Stückchen zurück, um ihm ins Gesicht zu sehen. »Du hast mich.«

Er lächelt, doch es ist nur ein schwacher Abglanz seines sonstigen Humors. Aber es ist immerhin etwas.

Ich lasse ihn los und wische mir schnell über die Augen.

»Viens«, flüstert plötzlich eine Stimme, und als wir uns umdrehen, sehen wir den Geist einer kleinen, alten Dame mit tiefen Falten im Gesicht, die in einem verblichenen Kleid und einem Mantel auf uns zuhumpelt. Ihre Augen leuchten zu hell und ihr Lächeln ist breit und zeigt ihre Holzzähne.

Jacob schüttelt den Kopf und stößt ein nervöses Lachen aus, als unsere Welt wieder zurück zur Normalität findet.

Komisch, dass *das hier* normal ist.

»Viens avec moi«, lockt die alte Dame und streckt eine knorrige Hand aus.

Ich erinnere mich an Mums Geschichte. *Der Leichnam der jungen Frau wurde unten auf den Steinen gefunden, doch die alte Frau wurde nie wieder gesehen.*

»Viens«, drängt der Geist und kommt näher. Das fehlende Geländer und der tiefe Sturz sind mir nur allzu bewusst.

»Ich gebe dir Rückendeckung«, sagt Jacob und stellt sich zwischen mich und den Abgrund.

Ich ziehe den Anhänger aus der Tasche und halte der alten Dame den Spiegel vor die Augen.

Ihre Finger schließen sich um mein Handgelenk.

»*Viens avec* …«, beginnt sie, verstummt aber, als sie ihr Spiegelbild erblickt.

Dieses Mal erinnere ich mich gleich an die Worte.

»Sieh und höre«, sage ich.

Ihr Blick wird auf einmal leer.

»Schau hin und erkenne.«

Ihre Konturen werden unscharf.

»Das ist, was du bist.«

Die Hand der Frau fällt von meinem Handgelenk. Ihr ganzer Körper wird dünn, bis ich in ihre Brust greifen kann und ihren Lebensfaden herausziehe, der stumpf, spröde und grau ist. In meiner Hand zerfällt er und wird weggeweht, ebenso wie die alte Frau.

Immer noch läuten die Glocken, aber sie klingen weit entfernt, und die Welt hinter dem Schleier wird dünner und verliert ohne den Geist, der sie aufrecht erhält, ihre Schärfe.

Jacob legt mir eine Hand auf die Schulter und ich drehe mich wieder zu ihm um.

»Gehen wir«, sage ich und nehme seine Hand.

Der Schleier teilt sich und wir gehen hindurch. Ich hole tief Luft und versuche, das komische Gefühl abzustreifen, das mir immer von der anderen Seite zu folgen scheint. Jacobs Hand in meiner wird immer dünner, bis sie nur noch einen Hauch fester ist als die Luft.

Ein überraschter Schrei ertönt, und ich sehe Adele, die mich anstarrt, die Stelle anstarrt, an der ich vor einer Sekunde offensichtlich noch nicht gestanden habe. Verblüfft reißt sie die Augen auf.

Kapitel 20

Hier seid ihr«, sagt Pauline, die gerade um die Ecke kommt. »Wir gehen.«

Zum ersten Mal fehlen Adele die Worte. Auf dem ganzen Weg die Treppe hinunter und ins Freie starrt sie mich nur sprachlos an.

Als wir die Rue de Rivoli erreichen, blinken alle Ampeln gelb und der Verkehr ist völlig zum Erliegen gekommen. Überall wird wild gehupt.

Das ist schlecht.

Das ist ganz, ganz schlecht.

Unter der Markise des Hotel Valeur gibt Anton Dad die Kiste mit den Aufnahmen des Tages, damit er und Mum sich die letzten Teile ansehen können. Annette küsst Mum auf beide Wangen, und Pauline wünscht uns eine gute Nacht, hält jedoch noch einmal inne, weil ihr etwas eingefallen ist.

»Cassidy«, sagt sie, »dein Film. Soll ich ihn für dich entwickeln lassen?«

Das habe ich ja ganz vergessen. Ich sehe auf meine Kamera hinunter. Es ist nur noch ein Foto auf dem Film. Also versammle ich das ganze Filmteam – Mum und Dad, Pauline, Anton und Annette – vor der Kamera mit Paris im Hintergrund und mache eine letzte Aufnahme. Dann kurble ich den Film in seinen Behälter und öffne mit dem Daumen den Verschluss hinten an der Kamera. Die kleine Rolle fällt in meine Hand. Ich gebe sie Pauline und frage mich, was auf den Fotos wohl zu sehen sein wird – und was nicht.

Pauline steckt den Film ein und verspricht, morgen bei uns vorbeizuschauen, bevor wir abreisen.

Morgen – das ist kaum vorstellbar, vor allem, weil Thomas immer noch sein Unwesen in der Stadt treibt.

Morgen – was bedeutet, dass ich nicht mal mehr einen ganzen Tag habe, um ihn weiterzuschicken.

Mir läuft die Zeit davon.

»Ich hätte da eine lustige Idee«, wirft Jacob ein. »Wie wäre es, wenn wir einfach verschwinden?«

Ich runzle demonstrativ die Stirn. *Wie bitte?*

»Denk doch mal nach«, verlangt Jacob. »Mag ja sein, dass Thomas am Anfang von dir angezogen wurde, aber jetzt hat er es definitiv auf höhere Ziele abgesehen. Das und deine ekligen Salz-und-Salbei-Päckchen sollten es uns doch ermöglichen, unbeschadet aus Paris zu verschwinden.«

»Und was passiert dann mit Paris?«, frage ich.

Anton und Annette verabschieden sich ebenfalls. Als die ganze Crew weg ist, sehen wir alle Adele an, die keinerlei Anstalten macht, zu gehen. Sie starrt uns einfach an, als wären *wir* die Fernsehshow und sie wollte wissen, wie es weitergeht.

»Solltest du nicht nach Hause gehen?«, erkundigt sich Dad.

Adele wippt auf ihren goldenen Turnschuhen und fragt: »Muss ich?«

»Nun, wird sich deine Mutter denn keine Sorgen machen?«

Adele wirft einen Blick über die Schulter. Die Sonne geht gerade unter und färbt den Horizont tieforange. Achselzuckend meint sie: »Noch nicht.«

»Ich habe eine Idee«, sagt Mum und hakt sich bei Dad unter. »Cass, dein Vater und ich nehmen im Salon noch einen Drink. Geht ihr beide doch hoch ins Zimmer. Du könntest Adele Grim vorstellen und ihr alles über die *Inspecters* erzählen.« Damit reicht sie mir den Drehbuchordner.

Dad gibt mir die Kiste mit den Aufnahmen und bittet mich, sie mit nach oben zu nehmen, dann gehen sie durch die Lobby davon.

Oben im Zimmer stelle ich die Filmkiste ab. Adele stößt einen entzückten Quietscher aus, nimmt einen höchst überraschten Grim auf den Arm und redet leise auf Französisch auf ihn ein. In der Zwischenzeit breite ich die Fotos auf dem Boden aus, die sie mitgebracht hat, und hoffe, dass sie mir beim Nachdenken helfen.

Kurze Zeit später klingelt mein Handy. Ein Videoanruf.

Es ist Lara. Sie hält sich nicht mit Small Talk auf. »Hast du die Nachrichten gesehen?«

»Moment.« Ich finde die Fernbedienung und schalte den Fernseher ein. Hinter einer hektisch redenden Nachrichtensprecherin läuft ein Video, in dem man Blaulichter auf einem Autodach flackern sieht.

Natürlich ist alles auf Französisch, aber die Botschaft ist eindeutig.

»Oh.«

Auf dem Bildschirm wird die Nachrichtensprecherin vom Bild einer Frau abgelöst, die auf dem Gehweg sitzt, während ihr ein Sanitäter ein Tuch an den Kopf hält. Im Hintergrund blockiert eine Massenkarambolage eine Kreuzung. Ich wechsle den Sender und sehe eine Karte der Pariser Metro voller roter Warnlichter.

Ich stelle den Fernseher stumm und Lara beugt sich vor.

»Ich habe dich ja gewarnt, dass so etwas passieren würde. Poltergeister sind …« Plötzlich hält sie stirnrunzelnd inne und fragt angespannt: »Cassidy, wer ist das?«

Ich sehe über die Schulter zu Adele, die auf der Armlehne des Sofas sitzt und Grim auf dem Schoß hält. »Oh ja, das ist Adele.«

Adele zieht den Lolli aus ihrem Mund und winkt fröhlich. »Hallo!«

Lara winkt nicht zurück.

»Bist du auch eine Geisterjägerin?«, erkundigt sich Adele.

Lara wird mit einem Mal sehr still und sieht mich wütend an.

»Cassidy Blake!«, zischt sie mich zwischen den Zähnen hindurch an. »Was hast du ihr erzählt?«

»Nicht viel«, antworte ich, während Adele gleichzeitig ruft: »Alles!«

Laras Zorn wandelt sich in Entsetzen. »Warum hast du das getan?«

»Also, ich muss ja sagen, es ist schön zu sehen, dass sich ihre Wut auch mal gegen jemand anderen richtet«, wirft Jacob ein.

»Halt dich da raus, Geist«, fährt Lara ihn an. »Cassidy! Erklär mir das!«

»Es ist einfach so passiert.«

»Oh ja, genau, weil paranormale Fähigkeiten ja auch so ein normales Gesprächsthema sind!«

»Also«, versuche ich, zu erklären, »ich bin zu Richard Laurents Enkelin Sylvaine gegangen, aber die wollte nicht mit mir sprechen. Adele ist ihre Tochter. Sie ist mir nachgelaufen und hat mir Fotos gegeben …«

»Moment«, unterbricht mich Lara. »Was für Fotos?«

Ich halte das Telefon so, dass sie die Bilder auf dem Boden sehen kann.

»Dichter ran«, verlangt Lara. Ich hocke mich hin und schwenke das Telefon über die Aufnahmen. Adele setzt sich im Schneidersitz daneben und greift nach einem Foto, auf dem Thomas allein zu sehen ist. Er schaut über die Schulter hinweg in die Kamera und strahlt breit.

»Und du weißt immer noch nichts?«, fragt Lara. »Darüber, was …«

»So eine traurige Geschichte«, murmelt Adele, »was mit Thomas passiert ist.«

Im Zimmer wird es plötzlich still. Jacob und ich starren Adele an. Selbst Lara bleibt auf dem Bildschirm der Mund offen stehen.

»Du weißt es?«, fragen wir dann alle wie aus einem Mund.

Adele druckst ein wenig herum.

»Oui«, antwortet sie dann. »Maman hat es mir erzählt. Sie spricht nicht gern über die Vergangenheit, nicht mit Fremden, aber sie sagt, es sei wichtig, seine eigene Geschichte zu kennen. Sie hat auch gesagt, es sei privat. Aber wenn es euch hilft, Thomas zu helfen«, fügt sie hinzu, »dann erzähle ich es euch.«

Kapitel 21

Es ist eine sehr traurige Geschichte«, beginnt Adele und zieht Grim wieder auf ihren Schoß.

»Mein Großvater Richard war zehn, als es passiert ist. Er war drei Jahre älter als Thomas und er war Thomas' Held. Sie standen sich sehr nahe. So …« Sie verschränkt zur Illustration die Finger. »Thomas ist Richard überallhin gefolgt. Und Richard hat das gefallen. Den ganzen Sommer über hat sich Richard mit ein paar anderen Jungen nachts in die Katakomben geschlichen«, fährt sie fort.

»Wie?«, will Lara wissen.

Adele zuckt mit den Achseln. »Heute gibt es nur einen Eingang und einen Ausgang, aber früher gab es viele verschiedene. Zumindest, wenn man wusste, wo man danach suchen muss. Richard wusste es.« Adele lächelt spitzbübisch. »Also haben sie sich im Dunkeln runtergeschlichen.«

Jacob und ich schaudern bei dem Gedanken an die

Katakomben bei Nacht. Der Knochentunnel, nur von Kerzen oder Taschenlampen erleuchtet, schwaches Licht, bei dem die Skelette im Dunkeln verborgen bleiben …

»Thomas wollte natürlich auch mitkommen. Er hat immer wieder gebettelt, bis Richard schließlich eingewilligt hat, ihn mitzunehmen.«

Ich werfe einen Blick zu Jacob. Sein Gesicht ist düster, und er sieht aus, als würden seine Gedanken beim Zuhören weit abschweifen. Doch er muss spüren, dass ich ihn ansehe, denn er blinzelt und erwidert meinen Blick mit hochgezogener Augenbraue.

»Also sind sie losgegangen«, fährt Adele fort und streichelt Grim. »Thomas, Richard und zwei von Richards Freunden. Hinunter ins Dunkle.«

Grim liegt als schwarzes Fellknäuel auf Adeles Schoß und sieht so zufrieden aus, wie ich ihn seit unserer Ankunft in Paris noch nicht erlebt habe. Adele muss ein Händchen für schrullige Katzen haben.

»Die Jungen haben dort unten immer Spiele gespielt und das war auch dieses Mal so. Sie haben *Cache-cache* gespielt. Weißt du, was das ist?«

Ich schüttle den Kopf.

»Ihr nennt es Verstecken.«

Ich zucke zusammen. »Das Zählen!«, sage ich und Lara nickt.

»Quoi?«, fragt Adele. »Was?«

»Un, deux, trois, quatre, cinq …«, zählt Lara in

ihrem perfekten Französisch. »Ich habe nicht verstanden, warum er aufwärts zählt und nicht abwärts.«

»Aber wenn sie Verstecken gespielt haben«, sage ich, »und er musste suchen …«

Adele nickt eifrig. »Thomas war so klein und sehr gut darin, sich zu verstecken. Also haben sie ihn lieber suchen lassen. Er hat die Augen zugemacht, um zu zählen, und die anderen sind losgerannt, um sich zu verstecken.«

Ich stelle mir das Spiel da unten in den Katakomben vor, wie man sich versteckt, indem man sich an die Skelette presst oder über Knochen steigt, und schaudere.

»Thomas war auch sehr gut darin, die anderen Jungen zu finden, egal wo sie sich versteckt haben«, erzählt Adele weiter. »Also hat Richard beim dritten Spiel eingewilligt, dass sich Thomas auch mal verstecken darf.«

Mein Magen zieht sich zusammen, als ich erkenne, wohin das führt.

»Richard musste suchen«, sagt Adele. »Er fand erst einen seiner Freunde und dann den anderen, aber nicht Thomas. Richard suchte fast eine Stunde lang, bis er schließlich aufgab. Die Jungen waren müde und wollten nach Hause. Also hat Richard gerufen: ›Thomas, *c'est finit*‹ – es ist vorbei –, aber er bekam keine Antwort, nur das Echo seiner eigenen Stimme kam aus dem Tunnel zurück.«

Mir läuft es kalt den Rücken runter. Wäre es nur eine Geschichte, fände ich die Spannung toll. Aber ich habe diesen kleinen Jungen in seinen schmutzigen Kleidern gesehen. Ich kann mir vorstellen, wie er sich dort unten verlaufen hat, sich zwischen den Knochen versteckt hat oder allein durch die Gänge geirrt ist.

»Richard ist die ganze Nacht dort unten geblieben und hat nach seinem Bruder gesucht. Aber er konnte ihn nicht finden. Schließlich blieb ihm nichts anderes übrig, als nach Hause zu gehen und es seinen Eltern zu sagen. Die haben die Polizei gerufen und eine Suche organisiert.«

Ich muss schlucken. »Haben sie Thomas gefunden? Irgendwann?«

Adele nickt. »Haben sie«, sagt sie langsam. »Aber das war zu spät. Er war schon …« Sie bricht ab.

Meine Brust schnürt sich zusammen. »Wo haben sie ihn gefunden?«

Adele zögert und streichelt Grim. »Er war wirklich gut im Verstecken. Er ist in eine der kleinen …« Sie zögert und sucht nach dem richtigen Wort, dann formt sie mit der Hand einen Bogen. »*Coin.*«

»Nische«, hilft Lara. »Wie ein Alkoven.«

Adele nickt. »Oui. Genau. Er ist da hineingeklettert, weil er so klein war. Aber die Knochen um ihn herum waren alt und manchmal …« Sie macht mit der Hand eine Abwärtsbewegung. »… verrutschen sie. Teile stürzen ein.«

Lara schlägt sich die Hand vor den Mund.

»Sie haben ihn schließlich unter den Knochen gefunden.«

Jacob schaudert ein wenig, und mir wird unwohl bei dem Gedanken, da unten im Dunkeln begraben zu sein.

»Und Richard?«, frage ich.

Adele beugt sich über Grim, dem das nichts auszumachen scheint, und tippt auf ein Foto des älteren Jungen. Er ist allein, neben ihm ist ein leerer Platz und er streckt den Arm aus, als wisse er nicht so recht, wo er seinen Ellbogen hintun soll, ohne die Schulter seines kleinen Bruders.

»Meine Mutter hat gesagt, dass er immer traurig war. Er hat sich nie verziehen, dass er seinen kleinen Bruder dort unten verloren hat.«

Eine Weile sitzen wir schweigend da und nur Grims Schnurren ist zu hören.

Als ich über die Geschichte nachdenke, wird mir mit grimmiger Deutlichkeit bewusst, was ich tun muss.

»Sag es nicht!«, fleht Jacob.

»Wir müssen wieder in die Katakomben.«

Adele sieht von der Katze hoch und wird blass. »Was?«

Jacob stöhnt.

»Überleg doch mal«, verlange ich. »Nur weil Thomas nicht an einen Ort gebunden ist, heißt das nicht, dass dieser Ort für ihn nicht wichtig ist. Er ist in den Katakomben gestorben.«

»Ja«, entgegnet Jacob, »aber er *erinnert sich nicht daran*, dort gestorben zu sein.«

»Vielleicht nicht bewusst«, erwidere ich, »aber als er uns gesehen hat, hat er gezählt.«

»Und das heißt?«

»Ein Teil von ihm erinnert sich daran, dort unten Verstecken gespielt zu haben«, hilft mir Lara aus dem Telefon. »Selbst wenn er nicht realisiert, dass er sich daran erinnert. Die Erinnerung an die Katakomben ist vermutlich die, die er als Letztes vergessen hat. Was bedeutet, dass es die erste ist, die zurückkommen wird. Das ergibt Sinn. Dort wird es am leichtesten sein, ihn an alles zu erinnern.«

Ich hebe das Handy an und sage: »Alles klar, Lara. Dann übernehme ich jetzt.«

»Viel Glück«, sagt Lara und ich lege auf.

»Müssen es denn unbedingt die Katakomben sein?«, fragt mich Jacob. »Warum kann es nicht ein Ort sein, der für alle fair ist? Zum Beispiel ein Garten. Das klingt doch nett. Und *überirdisch*.«

Ich wünschte, das wäre möglich. Wirklich. Aber ich habe schon zu viel Zeit damit verschwendet, zu versuchen, Thomas herauszulocken, ihn zu mir kommen zu lassen, und dabei die Tatsache außer Acht gelassen, dass alles in den Katakomben angefangen hat. Und da muss es auch enden.

»Du weißt, dass ich recht habe.«

»Nein, tue ich nicht«, streitet Jacob ab. »Die Chancen, dass du recht hast, liegen bei fünfzig Prozent, aber bei neunzig dafür, dass das hier total schiefgeht!«

»Nur bei neunzig?«, frage ich grinsend.

»Was sagt dein Geist?«, erkundigt sich Adele und steht auf. Die Katze hält sie wie einen Schild an die Brust gepresst.

Jacob verschränkt die Arme und ignoriert Adele. »Und wenn Thomas nicht kommt?«

Aber das wird er.

Ich kann es spüren.

So wie ich das Tippen der Geister in meiner Nähe spüre.

So wie ich den Schleier zwischen meinen Fingern spüre.

»Na gut«, sagt Jacob. »Und wie sollen wir da wieder reinkommen? Soweit ich weiß, sind deine Eltern mit den Filmaufnahmen fertig, die Katakomben sind geschlossen und wir reisen morgen ab.«

Mir wird übel.

Es ist nicht so, dass ich keine Idee hätte.

Ich habe eine, aber die ist echt richtig schlecht.

Jacob verzieht das Gesicht, als er meine Gedanken liest.

»Oh *nein*!«

Kapitel 22

Die Aufnahmen sind noch in ihrem dunklen Metallköfferchen verstaut. Ich hocke mich davor und lege die Hände auf die Verschlüsse.

»Adele«, sage ich, »du musst in den Flur gehen und Ausschau halten.«

»Was soll ich halten?«, wundert sich Adele.

»Das sagt man so«, erkläre ich. »Es heißt, dass du aufpassen sollst. Sag mir, ob die Luft rein ist.«

»Die Luft?«

Verzweifelt suche ich nach Worten. »Geh einfach raus in den Flur, und wenn du meine Eltern kommen siehst, klopfst du an die Tür.«

Adele setzt Grim ab und geht hinaus. Ich atme tief durch und mache die Kofferschnallen auf.

»Moment«, wirft Jacob ein. »Also, ich bin ja immer für ein wenig schlechtes Benehmen zu haben …«

»Nein, bist du nicht«, widerspreche ich. »Du bist ein totales Weichei.«

»Kein Grund gleich beleidigend werden. Hör einfach zu. Es gibt schlecht und es gibt *schlecht*. Und das hier ist *ganz schlecht*.«

»Weiß ich«, gebe ich zurück. »Aber es gibt auch Geister und dann gibt es *Poltergeister*. Und mit so einem haben wir es hier zu tun.« Ich deute auf den stumm geschalteten Fernseher. »Mit einem Poltergeist.«

Auf dem Fernsehbildschirm stehen Einsatzfahrzeuge um ein Haus herum, das definitiv so aussieht, als würde es brennen. Gleich darauf erfolgt ein Schnitt zu einer belebten Straße, wo der Verkehr stillsteht, während ein Wartungsteam versucht, sich einer Funken sprühenden Stromleitung zu nähern.

Jacob seufzt ergeben, als ich den Deckel aufklappe.

Die Kiste ist in zwei Hälften geteilt.

In einer Hälfte liegen kompakte Filmrollen in schützendem Schaumstoff, in der anderen stecken digitale Speicherkarten in Schlitzen. Natürlich. Das Team filmt auf beide Arten. Zu meinem Glück ist alles sorgfältig beschriftet und nicht nur nach Tagen, sondern auch nach den einzelnen Orten sortiert.

Die erste Filmspule trägt die Aufschrift KAT. Kurzform für Katakomben.

Ich streiche mit den Fingern über das Etikett. Die Katakomben sind eine der berühmtesten Sehenswürdigkeiten der Welt. Kein Geistertrip nach Paris wäre ohne sie vollständig. Wenn ich also diese Aufnahmen vernichte, müssen wir noch einmal dorthin.

Jacob räuspert sich.

»Weißt du, ich dachte ja schon, sich in ein offenes Grab zu legen und unter einer Leiche zu verstecken, wäre eine blöde Idee, aber gegen das hier war das geradezu vernünftig.«

»Ich muss es tun, Jacob.«

»Nein, musst du nicht.« Er hockt sich neben mich. »Das hier ist ganz anders als das, was in Schottland passiert ist. Diesmal bist du nicht hinter dem Schleier gefangen. Hier hast du die Wahl. Und wenn du darüber nachdenkst, dann ist dieser Poltergeist auch gar nicht wirklich dein Problem.«

»Doch, das ist er. Und selbst wenn nicht, wir sind die Einzigen, die ihn weiterschicken können, Jacob. Wenn wir nichts tun, dann werden noch mehr Menschen verletzt werden.«

»Wir könnten auch verletzt werden!«, meint Jacob. Ich sehe ihn vielsagend an, woraufhin er fortfährt: »Na ja, *du* könntest verletzt werden. Schlimm genug.«

Ich wippe auf den Fersen vor und zurück. »Das Spider-Man-Gesetz.«

»Wie bitte?«

»Du weißt, wovon ich rede. Aus großer Macht …« Ich breche ab und warte darauf, dass er den Satz vollendet.

Jacob murmelt etwas Unverständliches.

»Wie war das?«, dränge ich.

Er scharrt mit der Schuhspitze am Boden. »… folgt große Verantwortung.«

»Genau.«

Jacob seufzt tief. »Ich fasse es nicht, dass du Spider-Man gegen mich einsetzt«, grollt er, als ich nach der Filmrolle greife.

Jacob legt die Hand über die Augen, als könne er gar nicht hinsehen.

Ich muss es, unglücklicherweise.

Ich schwöre feierlich, dass ich ein Tunichtgut bin, denke ich, ziehe die Katakomben-Karte aus ihrem Schlitz im Schaumstoff und stecke sie in meine Hosentasche.

»Manchmal wünschte ich mir echt, du wärst Slythercore statt Gryffindot«, murrt Jacob.

»Nein, tust du nicht«, sage ich und nehme die Filmrolle der Katakomben aus der Kiste. »Und eines Tages werde ich dich noch zwingen, Harry Potter zu lesen.« Ich drehe die Plastikhülle in den Händen.

»Und wie genau willst du deinen Eltern die plötzliche Zerstörung der Aufnahmen erklären?«, fragt Jacob. »Willst du dem Poltergeist die Schuld geben? Meinst du, deine Eltern werden das glauben?«

Wieder sehe ich auf das Etikett und überlege.

KAT.

Auf dem Boden neben mir streckt sich Grim und gähnt genüsslich.

»Nein«, erkläre ich und ziehe das Filmband von

der Rolle. »Aber Katzen spielen doch so gern mit Bändern, oder?«

Fünf Minuten später ist die Szene vorbereitet und der Schaden angerichtet. Adele kommt herein und sagt, sie könne meine Eltern auf der Treppe hören. Ich packe sie am Arm und laufe in den Flur hinaus, entschlossen, ihnen so weit wie möglich entgegenzukommen.

»Oh, da seid ihr ja«, sage ich, als wir ihnen auf der Treppe begegnen. »Wir wollten euch gerade suchen.«

»Alles in Ordnung?«, fragt Mum.

»Ja«, antworte ich ein wenig zu schnell. »Wir haben nur Hunger bekommen und wollten wissen, ob wir etwas zu Essen bestellen können.«

»Klar«, sagt Mum und wir gehen gemeinsam zurück. Als wir die Treppe hinaufsteigen, halte ich den Atem an.

Der letzte Teil meines Plans liegt in Jacobs Händen oder eher in denen seiner wachsenden Macht.

»Bist du sicher, dass du stark genug dafür bist?«, habe ich ihn gefragt, nachdem ich die Kiste ganz an den Rand des Tisches geschoben habe.

»Ich glaube schon«, hat er gesagt, den Finger ausgestreckt, konzentriert die Stirn gerunzelt und gegen die Kiste gestoßen. Sie hat ganz leicht gewackelt, blieb dann aber liegen.

Jetzt niese ich auf dem Rückweg laut – das vereinbarte Zeichen – und gleich darauf …

Krach!

Man hört eine metallene Filmkiste fallen.

Mum rast ins Zimmer und Dad hinter ihr her. Adele und ich bleiben im Gang zurück, aber da Mum entsetzt keucht und Dad flucht, schätze ich, dass es funktioniert hat.

Als wir ebenfalls ins Zimmer treten, bietet sich uns ein Bild der Verwüstung.

Grim ist beim Herunterkrachen der Kiste aufgeschreckt und betrachtet jetzt das Durcheinander vor ihm auf dem Boden. Nur ein paar der digitalen Karten sind aus der Kiste gefallen, die anderen stecken noch sicher in ihren Schaumstoffschlitzen. Die Filmspulen hatten nicht so viel Glück. Sie rollen davon und kippen um. Die meisten sind unversehrt, aber eine davon liegt völlig ruiniert in der Mitte und besteht nur noch aus Knoten.

»Böse Katze!«, schimpft Mum.

Grim springt auf die Rückenlehne des Sofas und starrt mich aus seinen grünen Augen an, als wolle er sagen: *Das war gemein, Mensch!* Insgeheim verspreche ich, ihm eine ganze Dose Katzenminze zu kaufen, wenn das hier vorbei ist.

»Mon dieu!«, ruft Adele. Das muss man ihr lassen, sie sieht überzeugend überrascht aus, während ich mich am liebsten übergeben würde.

Jacob sitzt auf dem Sofa, hat die Arme verschränkt und weiß nicht recht, ob er mir böse sein soll oder stolz auf seine eigene Leistung. Schließlich sieht er nur zu, wie wir zu viert auf den Knien herumkriechen, die Filmspulen und SD-Karten einsammeln und wieder in die Kiste packen.

Dad versucht, den ruinierten Film in die Plastikhülle zurückzuschieben, muss aber schnell einsehen, dass das zwecklos ist.

»Gut, dass wir das digitale Backup haben«, meint er, doch Mum schüttelt den Kopf.

»Das ist nicht da.«

»Was?«, ruft Dad und sucht in der Kiste, um zu bestätigen, was ich schon weiß.

Da drin werden sie den Chip von den Katakomben nicht finden. Und auch sonst nirgendwo.

Dads Gesicht ist zornesrot, Mums blass und fleckig vor Sorge. In mir tobt ein Sturm, doch ich erinnere mich immer wieder daran, dass hier Menschenleben auf dem Spiel stehen. Dass ich das Richtige tun muss, auch wenn dazu in diesem Fall erst mal eine Menge Falsches nötig ist.

Trotzdem fühlt es sich schrecklich an.

Und ich muss genauso schlecht aussehen, wie ich mich fühle, denn Jacob macht mir nicht einmal Vorwürfe. Stattdessen taucht er neben mir auf und tut so, als würde er seine Schulter an meine lehnen.

»Spider-Man-Gesetz«, sagt er, als mir fast die Tränen kommen.

Ich nicke und schwöre mir, dass ich einen Weg finden werde, das wiedergutzumachen, falls mein Plan nicht funktionieren sollte.

Für alle.

Einschließlich der Katze.

»He«, sage ich, als wäre mir der Gedanke gerade erst gekommen. »Wir reisen doch erst morgen Nachmittag ab, oder? Können wir nicht morgen früh in die Katakomben gehen und noch einmal drehen?«

»So einfach ist das nicht, Cassidy«, sagt Dad und zwickt sich in den Nasenrücken.

Mein Herz scheint für einen Moment auszusetzen.

»Wieso nicht?«

»Die Katakomben sind ein Museum.« Dad seufzt. »Der Zugang wird strikt kontrolliert. Wir können da nicht einfach kommen und gehen, wie wir wollen. Pauline hat unseren Besuch Wochen im Voraus geplant.«

Ich sehe Mum an, doch die ist schon einen Schritt weiter und hält sich das Telefon ans Ohr. Wahrscheinlich spricht sie mit Pauline.

»Ich weiß«, sagt Mum immer wieder, und wir können in den Pausen nur raten, was Pauline am anderen Ende der Leitung wohl sagt. »Gibt es eine Möglichkeit? Na gut.«

Mit einem bebenden Seufzer lässt sie das Telefon sinken.

»Nun?«, forscht Dad.

»Sie wird sehen, was sie tun kann.«

Also tun wir das Einzige, was wir tun können.

Wir warten.

Fünf elend lange Minuten später klingelt das Telefon, und ich halte gespannt den Atem an, während Mum rangeht. Ich sehe, wie die Nervosität in ihrem Gesicht endlich von einer Welle der Erleichterung abgelöst wird. Es ist wie frische Luft in meiner Lunge, als sie sagt: »Danke. Vielen herzlichen Dank!« Dann legt sie auf und erklärt, dass Pauline, die wunderbare, fantastische Pauline, es ermöglicht hat, dass wir ausnahmsweise nach den Öffnungszeiten in die Katakomben können.

Heute Abend noch.

»Das ist ja toll!«, sage ich.

»Ja, ganz toll«, echot Jacob. »Denn das Einzige, was noch gruseliger ist, als tagsüber dreißig Meter unter der Erde zu sein, ist, nachts da unten zu sein.«

Und auch wenn Adele nicht hören kann, was er sagt, wirkt sie von der Idee, die Gräber im Dunkeln aufzusuchen, genauso wenig begeistert wie er.

Meine Eltern ziehen die Sachen an, in denen sie in den Katakomben gefilmt wurden, kämmen sich und versuchen, sich wenigstens äußerlich wieder zu beruhigen, während sie auf Pauline warten. Doch als Dad sieht, dass ich mir die Schuhe anziehe, schüttelt er den Kopf.

»Nein, Cass. Du und Adele, ihr bleibt hier.«

»Wenn ihr geht, will ich auch mitkommen!«, rufe ich entgeistert.

»Dafür gibt es keinen Grund«, erklärt Mum. »Du hattest schon beim ersten Mal genug Angst.«

»Ich stehe euch auch nicht im Weg, ehrlich!«, verspreche ich.

»Es geht nicht darum, dass du uns im Weg bist, Liebes«, sagt Mum.

»Aber beim letzten Mal konntest du es gar nicht abwarten, wieder rauszukommen«, wirft Dad ein. »Woher kommt der plötzliche Sinneswandel?«

Na ja, denke ich, *da wäre dieser Poltergeist, den ich herauslocken und daran erinnern muss, wer er war und wie er gestorben ist, damit ich ihn weiterschicken kann. Bevor noch jemand verletzt wird.*

Aber das kann ich ja schlecht sagen, also wende ich eine andere Taktik an.

»Die Katakomben sind ein Ort, den die meisten Menschen nur einmal im Leben sehen«, erkläre ich deshalb. »Ich will nicht die Chance verpassen, sie noch einmal zu sehen. Obwohl sie so gruselig sind. Außerdem habt ihr mir die Aufgabe gegeben, Fotos vom Filmdreh zu machen. Und das würde ich gern noch nachholen.«

Ich sehe, wie ihr Widerstand langsam nachgibt, also werfe ich schnell noch mein letztes Argument in die Waagschale: »Außerdem will ich Adele die Katakomben zeigen.«

Adele sieht mich nicht übermäßig begeistert an, und ich hoffe im Stillen, dass sie nichts sagt.

Mum seufzt, aber Dad schüttelt nur den Kopf und sieht auf die Uhr. »Wenn du mitkommst, musst du dir eine Jacke anziehen. Nachts ist es kälter da unten.«

Ich widerstehe dem Drang, ihn zu umarmen. Man kann freudig aufgeregt sein oder auch verdächtig aufgeregt. Es ist besser, wenn sie nicht misstrauisch werden.

Glücklicherweise müssen sie an zu viel anderes denken, um groß auf mich zu achten.

In der Lobby treffen wir Pauline.

Sie hat uns einen Mietwagen besorgt, in dem bereits Anton und Annette warten. Dad entschuldigt sich vielmals, als er ihnen den Film gibt, aber Anton winkt nur ab und nimmt die Kiste entgegen.

»C'est la vie«, sagt er. »So was kann passieren.«

»Es sei denn, man ist Cassidy Blake«, bemerkt Jacob, als das Auto anfährt, »dann *lässt* man so etwas passieren.«

Kapitel 23

Als wir vor der kleinen grünen Hütte halten, ist es bereits dunkel.

Ein Sicherheitsbeamter erwartet uns schon und ich mache mit dem Handy noch schnell ein Foto vom Eingang und schicke es an Lara.

Ich: Wir gehen rein. Ich hoffe, es klappt.

Ich: Wenn ich sterbe, lass Jacob in Ruhe.

Dann schalte ich das Handy aus, stecke es in die Tasche und hole tief Luft.

Zugegeben: Ich habe Angst. Angst, dass mein Plan funktioniert. Angst, dass er nicht funktioniert. Angst, was mich da unten im Dunkeln erwartet.

Ich wünschte, die Sonne würde noch scheinen.

Ich weiß, dass das eigentlich keinen Unterschied machen sollte, denn unter der Erde ist es schließlich immer dunkel. Es *sollte* keinen Unterschied machen, tut es aber. Als wir zur Tür gehen, spüre ich die Veränderung, von der Mum immer spricht, merke, dass die Welt anders schmeckt und sich anders anfühlt, wenn die Sonne untergegangen ist.

Keine Wärme mehr, die das Frösteln zurückhält.

Kein Licht, das die Schatten vertreibt.

Ich *weiß*, dass es nachts nicht mehr spukt als tagsüber. Oder tagsüber weniger als nachts. Aber es ist trotzdem weitaus gruseliger.

»Geister-Five für Glück«, verlangt Jacob und hält die Hand tief anstatt hoch. Ich lasse meine Hand direkt darüber schweben.

Für Glück, denke ich, doch anstatt das übliche Klatsch-Geräusch zu machen, lassen wir die Geste dieses Mal stumm. Wir halten unsere Hände noch einen Moment so übereinander. Mehr gegenseitigen Trost können wir uns nicht geben.

Dann greife ich mit der Hand zur Kamera um meinen Hals. Ich habe keine neue Filmrolle eingelegt, aber sie ist mein Talisman. Mein Glücksbringer. Mit etwas zusätzlicher Magie. Und natürlich kann man mit dem grellweißen Blitz immer ganz gut ein paar Geister aufhalten.

Der Sicherheitsbeamte steckt einen schweren Schlüssel in das Schloss und öffnet das Eisengitter gerade weit genug, dass wir hindurchschlüpfen können. Ich muss an Thomas denken, der so zwischen dem letzten Gitterstab und der Wand hindurchgepasst hat.

Das Filmteam geht voran, Mum und Dad folgen ihnen. Ich will ihnen gerade nachgehen, als ich feststelle, dass Adele nicht mitgekommen ist. Ich finde sie kurz vor der Schwelle, wo sie mit ihren goldenen Sneakers verlegen auf dem Boden scharrt. Sie beißt sich auf die Lippe und sieht nervös an mir vorbei ins Dunkle.

»Alors«, sagt sie leise. »Weißt du, es ist schon spät …« Sie hält ihr Kinn hochgereckt und den Kopf erhoben. »Ich sollte lieber nach Hause gehen.«

Bis jetzt war sie so tapfer, so mutig, dass man leicht vergessen konnte, dass sie noch ein Kind ist.

»Du hast recht«, stimme ich zu. »Deine Mutter macht sich bestimmt schon Sorgen.«

»Ja. Es ist ja nicht so, dass ich nicht gehen will«, fügt sie mit einem stolzen Schniefer hinzu. »Es ist nur …«

»Schon gut«, beruhige ich sie und lege ihr die Hand auf die Schulter. »Du hast mir wirklich sehr geholfen. Ohne dich wäre ich nie so weit gekommen. Aber jetzt übernehme ich.«

Sie sieht mich scharf an. »Bist du sicher, dass du das alleine schaffst?«

Nein, denke ich. Überhaupt nicht sicher. Aber ich sage: »Ich hoffe doch.«

Adele schluckt und nickt. »Okay.«

Ich nehme die Hand von ihrer Schulter, und sie wendet sich zum Gehen, als mir noch etwas einfällt.

»Warte mal!«, rufe ich und laufe schnell in die grüne Hütte zurück, wo ich zu Dad renne und ihm das kleine Salz-und-Salbei-Säckchen aus der Jackentasche ziehe. Er muss eben ohne auskommen.

»Wo kommt das denn her?«, fragt er verblüfft, aber ich bin schon wieder auf dem Weg zu Adele.

Jacob schlurft ein Stück weg und hält die Luft an, als ich ihr das Säckchen gebe.

»Zum Schutz«, sage ich. Adele sieht das Säckchen an und schlingt dann ihre Arme um meine Taille.

»*Bonne chance*, Cassidy Blake.«

»Heißt das *Sei vorsichtig*?«

Adele schüttelt den Kopf und lächelt. »Nein, es heißt *Viel Glück*.«

Ich lächle ebenfalls. »*Merci*, Adele Laurent.«

»Tschüss, Winzling«, fügt Jacob hinzu, als das Mädchen zur Metrostation läuft.

»Cassidy!«, ruft Mum aus der Hütte. Ich hole tief Luft.

»Bist du bereit?«, fragt Jacob.

»Nicht wirklich.«

Er schluckt. »Aber wir machen es trotzdem, oder?«

Ich straffe die Schultern und gehe zur Tür. »Klar. Tun wir.«

Wir folgen dem Rest der Gruppe durch das Drehkreuz und bleiben oben an der Wendeltreppe stehen, die sich in engen Kreisen nach unten zieht. Mum und Dad gehen voran, gefolgt von Anton und Annette, die ihre Kameras geschultert haben. Die roten Lämpchen leuchten, ein Zeichen, dass sie bereits filmen. Dann kommen ich, Jacob und zum Schluss Pauline.

Sechs Treppenfluchten geht es hinunter.

Un, deux, trois, zähle ich, als wir Stockwerk eins, zwei und drei passieren. *Quatre, cinq*. Dann sind wir unten.

Ein kalter, abgestandener Lufthauch weht uns entgegen, als ob die Tunnel atmen würden.

Ich ziehe meine Jacke zu, wobei die alten Fotografien von Thomas und seiner Familie in der Tasche leise rascheln. Dann machen wir uns auf den zehnminütigen Weg durch die leeren Tunnel zum Eingang des Reichs der Toten.

Wasser tropft von der niedrigen Decke und unsere Schritte hallen von den feuchten Steinen wider.

»Jetzt?«, fragt Jacob. Er schiebt die Hände in die Hosentaschen und will die Sache wohl so schnell wie möglich hinter sich bringen.

Ich schüttle den Kopf. Thomas und Richard haben ihre Spiele sicher nicht hier draußen gespielt, wo es keine Nebengänge und Abzweigungen gibt und nichts, wo man sich verstecken kann. Nein, sie waren weiter im Inneren, wo die Gänge gewunden sind und die Wände aus Knochen und Nischen bestehen.

Aber ich kann es Jacob nicht verdenken, dass er es eilig hat.

Die Luft ist feucht und kalt und jeder Schritt bringt

uns der Gefahr ein Stück näher. Der Schleier wird immer schwerer. Er legt sich um mich, drängt mich vorwärts und versucht, mich über die Linie ins Dunkle zu zerren.

Noch nicht, denke ich und leiste Widerstand. *Noch nicht.*

Wir erreichen das Ende der Galerie.

ARRÊTE!, warnt das Schild über der Tür. STOPP!

Aber wir sind schon zu weit gekommen, um jetzt noch umzudrehen.

Also holen wir tief Luft und treten hindurch.

TEIL FÜNF

Erinnerung

Kapitel 24

Die Katakomben unter Paris sind die letzte Ruhestätte für die Gebeine von über sechs Millionen Menschen …«

Meine Eltern gehen voraus und erzählen von der Geschichte und den Legenden dieses Ortes. Es sind dieselben Geschichten wie beim ersten Mal, aber sie wirken anders. Meine Eltern sind sichtlich gereizt, der Zwischenfall mit der Filmkiste hat sie aus dem Konzept gebracht. Dass sie jetzt ein wenig nervös und schreckhaft wirken, ist für eine Sendung über paranormale Aktivität wahrscheinlich ganz gut. Selbst Dads normalerweise stoische Ruhe ist Anspannung gewichen, wodurch sogar er ausnahmsweise mal unsicher wirkt.

Mums Stimme klingt gepresst, als sie ihre Hand über den Schädeln tanzen lässt.

»Die Tunnel ziehen sich unter der ganzen Stadt hindurch und sind so weitläufig, dass die meisten Pariser jeden Tag über Knochen laufen …«

»Jetzt?«, fragt Jacob und ich nicke, denn ich weiß, dass das die beste Gelegenheit ist. Ich trete einen, zwei Schritte zurück und drehe mich dann um, will schon nach dem Schleier greifen, doch plötzlich werde ich am Handgelenk gepackt.

Pauline.

»Lauf nicht weg«, warnt sie leise, weil hier jedes Geräusch so laut hallt.

»Mach ich nicht«, flüstere ich und hebe ein wenig die Kamera. »Ich suche nur nach einem guten Winkel.« Ich deute über ihre Schulter auf meine Eltern, die langsam weitergehen. Der Lichtschein aus dem Tunnel vor ihnen bildet einen gespenstischen Heiligenschein um ihre Köpfe und macht sie zu Silhouetten.

Pauline lockert ihren Griff und ich sehe meine Chance gekommen.

Sobald sie mich loslässt, greife ich nach dem Schleier, der sich um mich herum teilt, und das Letzte, was ich sehe, ist Pauline, die sich umdreht und überrascht die Augen aufreißt, als ich hinter dem unsichtbaren Vorhang verschwinde.

Mein Herz rast panisch, als ich ins Dunkel stürze.

Die Luft ist stickig und abgestanden. Ich kann nur daran denken, dass ich mich fünf Stockwerke unter der Erde befinde und dass hier letztes Mal eine Laterne am Boden stand, jetzt aber nicht. Ich bekomme keine Luft mehr, statt Luft atme ich Panik, und es braucht meine gesamte Willensstärke, nicht nach dem Schleier zu greifen, um ins Licht und in die Sicherheit zurückzukehren.

»Jacob!«, flüstere ich, halb besorgt, dass ich keine Antwort bekomme. Halb besorgt, dass jemand anderes antwortet. Doch dann spüre ich ihn, nehme eine Bewegung neben mir wahr.

»Cass«, flüstert er zurück.

Ich bemerke, dass ich beinahe sein Gesicht erkennen kann. Verzweifelt blinzle ich, damit sich meine Augen schneller an die Dunkelheit gewöhnen und stelle dann fest, dass es gar nicht vollkommen dunkel ist.

Irgendwo muss es eine Lichtquelle geben, hinter einer Ecke, denn ein ganz schwacher Lichtschein dringt durch den Tunnel bis zu uns. Ich gehe darauf zu und stütze mich dabei mit einer Hand an der Wand ab. Allerdings ist es keine Wand, sondern ein Stapel Knochen. Meine Finger gleiten über die Hohlräume eines Schädels und über die Kanten und Knubbel, an denen sich Knochen zusammenfügen wie Puzzleteile.

Hinter der nächsten Ecke finde ich die Öllaterne auf dem Boden. Ich bücke mich und drehe den Docht hoch, sodass es im Tunnel heller wird, wenn auch nicht so hell, wie ich es mir wünschen würde. Ich schaue mich um, aber von Thomas ist keine Spur zu sehen. Keine Spur von irgendjemandem. Die Tunnel sind leer.

»Thomas?«, rufe ich. Aber ich höre nur meine eigene Stimme als Echo. Keine Spur von ihm oder dem roten Licht, das ihn hier unten zu umgeben scheint.

Aber er muss hier sein. Er muss.

Und wenn nicht?

Ich sehe auf die Laterne am Boden. Ruckartig richte ich mich auf. Mir ist gerade eine Idee gekommen.

»He, Jacob«, sage ich. »Hast du Lust, Verstecken zu spielen?«

Er betrachtet mich eine Weile, schluckt dann und streckt die Hände aus, eine Faust in die andere offene Handfläche gelegt: das universelle Zeichen für Schere-Stein-Papier.

»Der Gewinner versteckt sich, der Verlierer muss suchen.«

»Nix da«, entgegne ich. Schere-Stein-Papier kann gar nicht fair sein, wenn einer der Mitspieler Gedanken lesen kann. Ich nehme eine Münze aus der Hosentasche und werfe sie.

»Zahl«, sagt Jacob, als die Münze im Dunkeln aufblitzt.

Ich fange sie und schlage sie auf meinen Handrücken.

Kopf.

Ich bin erleichtert. Das Einzige, was noch gruseliger wäre, als hier unten zu sein, wäre, hier die Augen schließen zu müssen. Jacob stöhnt, wendet sich dem nächstbesten Knochenstapel zu und legt sich eine Hand über die Augen.

»Eins, zwei, drei …«, beginnt er.

Anstatt loszurennen und mich zu verstecken, schlüpfe ich in die nächste dunkle Nische und warte. Warte auf Bewegung. Warte darauf, rote Augen in einem kleinen, runden Gesicht zu sehen, und kaue auf meiner Lippe.

Jacob zählt bis zehn und immer noch ist nichts von Thomas zu sehen.

Fünfzehn.

Zwanzig.

Gerade als Jacob »Einundzwanzig« sagt, höre ich Schritte. Ich sehe auf und entdecke Thomas. Neugierig sieht der kleine Junge mit seinen roten Augen um die Ecke. Mich sieht er nicht, aber Jacob. Er beobachtet ihn einen Moment lang, dann dreht er sich um und verschwindet in der Dunkelheit.

Ich folge ihm und passe auf, dass ich genug Abstand halte, damit er mich nicht bemerkt, aber nicht so viel, dass ich ihn verliere. Es hilft, dass sein ganzer Körper von rotem Licht umgeben ist. Seine Konturen leuchten und die Luft um ihn kringelt sich in farbigen Rauchwölkchen. Nach kurzer Zeit bleibt er stehen und bückt sich. Dann schlüpft er unter einen niedrigen Bogen, in dem die Knochen, die einst darin waren, längst zerfallen sind.

Genau wie die Nische aus Adeles Geschichte.

Ich hocke mich vor Thomas' Versteck.

»Hab dich!«, flüstere ich. Einen Augenblick lang sehe ich nur Dunkelheit und glaube schon, dass er mir irgendwie entwischt ist. Doch dann sehe ich ihn.

Er hat den Kopf auf die verschränkten Arme gelegt. Jetzt sieht er auf und seine Augen glühen rot in der Dunkelheit.

Er sieht mich finster an.

Ich fahre zurück, erschrocken über so viel Wut in dem kleinen Gesicht. Mit giftigem Blick kriecht er aus seinem Versteck und seine roten Augen leuchten so hell, dass sie die Luft vor ihm zu verbrennen scheinen.

»Thomas ...«, beginne ich und ziehe die Fotos aus der Tasche, während er aufsteht.

Er sieht mich mit einem Ausdruck an, den nur ein Kind seines Alters zustande bringt: empört und enttäuscht zugleich.

Er stößt etwas auf Französisch hervor und auch wenn ich die Worte nicht verstehe, ist die Bedeutung klar. Ich habe betrogen. Ich habe nicht fair gespielt.

»Thomas«, wiederhole ich und versuche, ruhig zu bleiben. Ich strecke ihm das Foto von ihm und seinem Bruder entgegen, doch er sieht nicht einmal hin. Sein Blick gleitet von dem Bild ab wie Öl von Wasser und landet auf meinem Gesicht.

Dann schießt blitzartig seine Hand vor.

Ich springe zurück, weil ich annehme, dass er auf mich zielt. Doch stattdessen schlägt er gegen die nächste Wand aus Knochen, wie ein Kind, das Bauklötze umstößt.

Nur dass diese Klötze nicht fallen.

Sie beben und zittern und leuchten unter seiner Kraft rot auf.

Außerhalb des Schleiers war Thomas stark.

Hier drinnen, gestärkt durch all den Unfug, die Unfälle und das Unheil, ist seine Macht noch mal etwas ganz anderes. Es ist, als könne er die Energie des Ortes für sich nutzen, über die ruhelosen Toten, die Jahrhunderte voller Verlust, Furcht und Trauer. Die Katakomben fügen sich um ihn herum. Für ihn ist das nicht nur ein Grab.

Es ist sein Spielplatz.

Während die Wände weiter beben, beginnt etwas herauszusickern und wie Rauch zwischen den Knochen hervorzutreten. Dann nimmt es Gestalt an. Ein junges Paar mit Rucksäcken. Eine Teenagerin mit glattem schwarzen Haar. Ein Mann mittleren Alters mit einem struppigen Bart. Einer, zwei, fünf, zehn Geister kommen aus den knochenbesetzten Wänden hervor, wütend, mit schlurfenden Schritten und verzerrten Gesichtern. Entsetzt wird mir klar, dass die Katakomben nie leer waren.

Die Geister haben nur geschlafen.

Ich reiße die Kamera hoch und drücke reflexartig auf den Blitz. Das grelle Licht gibt mir ein paar Sekunden.

Im selben Moment drehe ich mich um und renne los.

Kapitel 25

Meine Schuhe rutschen auf den feuchten Steinen. Ich erreiche das Ende des Tunnels gerade, als ein zerlumpter alter Mann durch den Boden vor mir aufsteigt und mir den Weg versperrt. Ich mache auf dem Absatz kehrt, rase einen weiteren, dunkleren Tunnel entlang und ziehe mir dabei die Kette über den Kopf, als ich mit noch einem Körper zusammenpralle. Gerade noch rechtzeitig, bevor ich den Spiegel hochhalten kann, fasst mich eine bekannte Hand am Handgelenk.

»Jacob!«, stoße ich hervor und wende schnell den Spiegel ab.

Er sieht über meine Schulter und macht beim Anblick der Flut von Geistern und der polternden Knochen große Augen.

»Was hast du *getan*?«, fragt er.

»Ich habe Thomas gefunden«, keuche ich und ziehe Jacob mit mir. Vor uns steht ein Tor offen und wir stolpern hindurch. Ich knalle das Gitter hinter uns zu.

»Die gute Nachricht ist, dass er definitiv hier unten ist«, sage ich und lasse mich gegen das Gitter fallen. »Die schlechte ist, dass er noch stärker ist, als erwartet.«

Ich schließe die Augen, weil mir schwindelig wird. Der Schleier beginnt, an meinen Kräften zu zehren und meine Konzentration zu stören.

»Wie sieht unser Plan aus?«, fragt Jacob, und ich will gerade antworten, als er mich plötzlich vom Gitter wegreißt, kurz bevor eine Hand zwischen den Stäben hindurchschießt.

Auf der anderen Seite steht eine Frau und flüstert hektisch etwas auf Französisch. Ich halte den Spiegel hoch und lenke ihre Aufmerksamkeit darauf.

»Sieh und höre. Schau hin und erkenne. Das ist, was du bist.«

Ihre Augen weiten sich ein wenig, und ich stoße meine Hand in ihre Brust, um ihren Lebensfaden herauszuziehen. Sie zerfällt, aber noch bevor sie ganz verschwunden ist, beben die Wände und noch mehr Geister tauchen auf. Eine solche Masse können wir nur aufhalten, indem wir denjenigen aufhalten, der sie aufgeweckt hat.

Thomas.

Ich weiche vom Gitter zurück.

»Komm«, sage ich und nehme Jacob an der Hand. »Hier können wir nicht bleiben.«

»Wir können aber auch nicht einfach weiterrennen«, meint Jacob,

»Ich weiß. Ich brauche nur etwas Zeit, um …«

Hinter der nächsten Ecke taucht ein weiterer Geist aus dem Dunkeln auf – ein Mann mittleren Alters in altmodischer Kleidung.

»Chérie, chérie«, singt er. Ich weiß zwar nicht, wer Chérie ist, aber an diesem Geist fällt mir etwas auf. Und zwar nicht nur das absolute Fehlen von Zähnen in seinem Lächeln.

Es ist seine Mütze.

Eine Zeitungsjungenmütze mit einer steifen Krempe an der Stirn.

Genau so eine habe ich auf den alten Fotos in meiner Tasche gesehen. Plötzlich habe ich eine Idee.

Jacob weicht vor dem Geist zurück, doch ich renne direkt auf ihn zu.

»Entschuldigung«, sage ich, »darf ich mir Ihre Mütze kurz ausleihen?«

Der Mann knurrt, packt mich und stößt mich so heftig gegen eine Wand, dass die Knochen darin klappern und sich mir in den Rücken bohren. Ich keuche, kann ihm aber die Mütze vom Kopf ziehen. Dann springt Jacob den Geist von hinten an und zerrt ihn zurück.

Befreit sinke ich gegen die Knochen und Jacob schleudert den anderen Geist gegen einen Turm aus Schädeln. Krachend stürzen die Knochen zusammen und der Mann fällt benommen auf Hände und Knie.

»Komm!«, ruft Jacob, doch mein Blick gleitet von Jacobs T-Shirt mit dem großen Comic-Symbol darauf zur alten, abgetragenen Jacke des Mannes. Ich drücke Jacob die gestohlene Mütze in die Hand und zerre an den Ärmeln des gestürzten Geistes.

»Kannst du mir vielleicht mal helfen?«, fauche ich Jacob an, der nur verwundert von der Mütze zu mir sieht.

»Bei was denn?«, fragt er.

»Ich – brauche – die – Jacke«, keuche ich und zerre an dem Ärmel. Der Mann beginnt Widerstand zu leisten, aber mit Jacobs Hilfe kann ich dem benommenen Geist die Jacke abnehmen, was genauso schwierig und merkwürdig ist, wie es klingt.

Ich werfe Jacob die Jacke zu und halte dem Geist den Spiegel vor die Nase, dann entreiße ich ihm so schnell wie möglich den Lebensfaden. Noch während er zerfällt, renne ich den Tunnel entlang zurück und suche nach einer guten Stelle für meine Falle.

»Hast du vor, mir noch zu verraten, was das alles soll?«, fragt Jacob, der mir mit der Jacke und der Mütze folgt.

Endlich finde ich eine passende Stelle.

Der Tunnel wird hier von einer Öllampe erhellt. Auf einer Seite verliert er sich im Dunkeln, auf der anderen endet er in einer Sackgasse.

Ich wende mich an Jacob. »Es ist Zeit für ein neues Spiel. Zieh das an!«

Entsetzt sieht er mich an. »Du willst, dass ich mich mit den Klamotten eines anderen Geistes verkleide?«

Ich ziehe die Fotos heraus und zeige ihm das Bild von Richard allein, nach dem Tod von Thomas.

»Ich will, dass du dich als er verkleidest.«

Jacob betrachtet eine Weile lang das Foto, und ich erwarte schon eine ironische Bemerkung, doch er sagt nichts und sieht das Bild nur mit undurchdringlichem Gesichtsausdruck an.

»Was ist?«, frage ich. »Glaubst du, das funktioniert nicht?«

Seltsam nüchtern erklärt er: »Ehrlich gesagt, glaube ich, dass es klappen könnte.«

Mit einer leichten Grimasse streift er sich die Jacke über.

»Das ist irgendwie eklig«, findet er. Die Jacke ist groß genug, dass sie sein T-Shirt verdeckt. Wahrscheinlich ist sie zu groß, um natürlich auszusehen, aber etwas Besseres haben wir nicht. Er krempelt die Ärmel hoch.

»Sorry«, sage ich.

»Na?«, fragt er und setzt die Mütze auf. »Wie sehe ich aus?«

Ich mustere ihn von oben bis unten und stelle überrascht fest, wie sehr diese Kleinigkeiten sein ganzes Aussehen verändern. Mit der Mütze und der Jacke könnte Jacob fast als ein Junge aus der Vergangenheit durchgehen.

Ich sehe von Richards Foto zu Jacob und sage: »Eines noch.« Ich streiche mit der Hand über einen niedrigen Knochenstapel und schmiere ihm dann den Dreck auf die Wangen.

Jacob knirscht mit den Zähnen. »Hast du mir gerade echt Totendreck ins Gesicht geschmiert?«

Die Ähnlichkeit ist natürlich nicht perfekt.

Aber es könnte ausreichen.

Und das sollte es besser, denn mir gehen die Ideen aus.

Und die Zeit läuft mir auch davon.

Ich sehe allmählich etwas verschwommen, ein Zeichen dafür, dass ich schon zu lange hier bin.

»Du schuldest mir echt eine Menge Comics«, sagt Jacob, aber der Witz ist schal, und ich merke, dass er beunruhigt ist. Mehr noch, er hat Angst. Manchmal vergesse ich, dass Jacobs Angst meistens nur gespielt ist, damit ich mich mutiger fühle.

Zu sehen, dass er wirklich Angst hat, ist – na ja, beängstigend.

Ich erkläre Jacob den Rest meines Plans und deute auf einen nahen Knochenhaufen.

Neben uns sind alle halben Meter Schädel wellenförmig in die Wand gesetzt und grinsen uns mit leeren Augen an. Ich halte mich daran fest, und Jacob verschränkt die Finger, damit ich daraufsteigen und mich ganz oben auf die Wand setzen kann. Ich betrachte es einfach als Wand und nicht als Stapel aus Schädeln und Oberschenkelknochen, die unter meinem Gewicht gefährlich schwanken. Nein. Es ist nur eine Wand. Ein Ort, wo ich mich ducken, mich verstecken und abwarten kann. Die Decke über mir ist niedrig und feucht, und als ich mit dem Kopf dagegenstoße, zucke ich zurück und versuche, nicht zu viel an meine Umgebung zu denken.

Aus dieser Perspektive ist Jacobs Gesicht unter der geliehenen Mütze verborgen, und es fällt leicht, sich vorzustellen, er wäre jemand anders. Ein Junge, der nach seinem kleinen Bruder sucht.

»Thomas!«, ruft er und seine Stimme hallt durch die Tunnel.

Thomas … Thomas …

Zuerst passiert gar nichts.

»Thomas?«

… Thomas … Thomas …

Und dann.

Wie aus dem Nichts taucht der kleine Junge auf. Er sieht nicht um die Ecke, er kommt nicht angerannt. Eben noch war Jacob allein im Tunnel, jetzt ist er es nicht mehr.

Zuerst bemerkt Jacob ihn gar nicht.

Er wendet ihm den Rücken zu und ruft ins Dunkle: »Thomas!«

... Thomas ... Thomas ...

Verwundert legt der Junge den Kopf schief, und das rote Leuchten in seinen Augen flackert wie bei einer kaputten Glühbirne, bleibt dann aber konstant. Er macht einen Schritt, bleibt jedoch stehen, als er auf ein Stück Papier tritt. Es ist eines der Fotos, die ich in dem Tunnel ausgestreut habe wie Brotkrumen, die einen verlorenen Jungen nach Hause führen sollen.

Thomas bückt sich und hebt die Fotografie auf. Er betrachtet die Aufnahme von Richard, der seinem kleinen Bruder die Hand auf die Schulter legt. Seine Augen verengen sich zu schmalen Schlitzen. Wieder flackert das rote Licht.

Es funktioniert!

Jacob geht weiter, wie vereinbart, und Thomas folgt ihm.

Die Knochen unter mir bohren sich in meine Handflächen, als ich den beiden nachkrieche.

Thomas geht in die Hocke und hebt ein weiteres Foto auf. Und noch eines. Und noch eines. Bei jedem Bild wird das rote Licht um ihn herum schwächer. Bei jeder Erinnerung, die zurückkehrt.

Ich krieche weiter und versuche, auf einer Höhe mit ihm zu bleiben, während er sich Jacob nähert.

Die vorderste Schicht der Wand unter mir ist fest, die Knochen sind so aufgestapelt, dass sie eine relativ stabile Konstruktion bilden. Dahinter allerdings sind nur haufenweise verrottete, alte Knochen, daher passe ich auf, auf dem schmalen, sicheren Streifen zu bleiben.

Vor uns endet der Tunnel.

Jacob bleibt stehen, legt die Hand an die Knochen, die ihm den Weg versperren und dreht sich dann um.

Sein Gesicht kann ich zwar nicht sehen, aber sein ganzer Körper erstarrt vor Überraschung, als er den Jungen sieht, der die alten Fotografien an sich presst. Entweder ist er ein noch besserer Schauspieler, als ich dachte, oder er hat wirklich nicht gehört, dass Thomas ihm gefolgt ist.

»Thomas«, sagt er und ich kann hören, wie er sich bemüht, ruhig zu klingen.

Halte durch, denke ich. Die Luft um Thomas herum kräuselt sich nervös.

»Richard?«, fragt Thomas leise und unsicher.

Jacob streckt die Hand aus und Thomas will sie schon ergreifen. Das rote Licht in seinen Augen ist beinahe erloschen, und ich habe sie fast erreicht, als mein Knie auf einen morschen Knochen trifft …

Und der Knochen bricht. Ich rutsche zwar nicht ab, aber das Geräusch hallt im Dunkeln so laut wider wie ein knackender Zweig in einem stillen Wald.

Thomas reißt sich von Jacob los und das rote Licht in seinen Augen glüht wieder auf. Ich weiche zur Seite, aus seinem Blickfeld und tiefer ins Dunkle.

Zu spät erkenne ich meinen Fehler.

Zu spät, denn mein Gewicht verlagert sich dabei von der stabilen Wand auf den Haufen morscher Knochen.

Zu spät, denn der Haufen gibt nach und zerfällt unter mir wie Asche, sodass ich tief, tief hinunter ins Dunkle stürze.

Kapitel 26

Es gibt viele Arten von Dunkelheit.

Es gibt das warme rötliche Dunkel, das man sieht, wenn man die Augen schließt.

Die angenehme Dunkelheit im Kino, wenn das Publikum nur von der Leinwand beleuchtet wird.

Und es gibt die absolute Dunkelheit an lichtlosen Orten unter der Erde, Orten, an denen es so stockfinster ist, dass man seine eigenen Hände nicht mehr sehen kann. Seinen Körper nicht mehr sehen kann. All die Dinge nicht sehen kann, die mit einem in der Dunkelheit sind. Doch man weiß, dass sie da sind.

So eine Dunkelheit herrscht hier.

Ich huste und bekomme Staub und Schmutz in die Lunge. Etwas bohrt sich in meine Seite. Einen Moment lang kann ich nur denken: *So ist er gestorben.* Thomas, der unter den Knochen begraben wurde.

Aber ich lebe noch.

Ich lebe noch.

Auch wenn ich nichts sehen kann.

Dann fällt mir mein Handy ein. Ich krame es aus der Tasche. Hier unten habe ich zwar kein Netz, aber ich muss ja auch nicht telefonieren. Ich brauche nur etwas Licht. Ich schalte das Telefon ein und aktiviere die Taschenlampenfunktion. Plötzlich erstrahlt die Welt um mich herum in hellem weißem Licht. Der Anblick, der sich mir bietet, ist … unangenehm.

Ich liege auf dem Rücken in einem Loch und Staub rieselt auf mich herab. Beim Aufstehen versuche ich, den Atem anzuhalten, um nicht zu viel von dieser Wolke aus Tod und Verwesung einzuatmen, während ich die Taschenlampe schwenke. Das Loch ist nicht tief, nur etwas höher als ich. Ich kann hinaufgreifen, aber die Knochen geben stellenweise unter meinen Fingern nach, an anderen sind sie gefährlich scharfkantig. Und jedes Mal, wenn ich mich bewege, füllt sich die Luft mit Dingen, die ich nicht einatmen will und über die ich lieber nicht nachdenke.

»Cassidy!«, ruft Jacob voller Panik.

»Alles in Ordnung!«, rufe ich zurück.

»Aber bei mir nicht!«

Ich sehe mich um. Auf drei Seiten bin ich nur von Dunkelheit umgeben, aber links von mir besteht die Wand aus Oberschenkelknochen und Schädeln. Als ich mein Auge an eine Lücke darin presse, kann ich

Jacob sehen, der, von rotem Licht umgeben, die Arme fest um Thomas geschlungen hat und den Jungen an sich drückt.

Thomas schlägt um sich und versucht, sich zu befreien. Um ihn herum wabert es rot glühend und der ganze Tunnel beginnt zu beben. Das rote Licht breitet sich immer weiter aus, über den Boden, die Decke und die Wände aus Knochen.

Der Poltergeist ist wütend.

Ich greife nach oben und versuche, mich über die Wand zu ziehen, finde aber keinen Halt. Die Seiten des Loches sind glitschig und ich greife nur in Schmutz und Staub. Schlurfende Schritte nähern sich, und ich habe das dumpfe Gefühl, dass wir bald nicht mehr allein in diesem Tunnelabschnitt sein werden.

»Cass!«, japst Jacob.

»Halte durch!«, rufe ich zurück und drehe mich im Kreis, um herauszufinden, was ich tun kann. Ich stecke meinen Fuß in eine der Lücken, aber das nützt auch nichts. Über die Wand zu klettern, ist offensichtlich keine Option.

Der Boden beginnt unter der Wucht von Thomas' Zorn zu schwanken. Selbst die Knochenwand neben mir beginnt zu zittern.

Dad sagt immer: *Der einzige Weg hinaus führt mitten hindurch.*

Ich ramme die Wand mit der Schulter und fühle, wie sie bebt und wankt. Ich stoße erneut zu und spüre einen scharfen Schmerz, als die ganze Wand nachgibt, kippt und schließlich ganz in sich zusammenfällt.

Ich bin frei.

Der Tunnel hallt wider vom Klappern Hunderter trockener Knochen. Staub hustend komme ich heraus und stolpere fast über die Flut von Gebeinen.

Jacob sieht mich mit großen Augen an. Er sagt nichts, aber seine Botschaft ist deutlich.

Beeil dich!

Sein Haar fließt um seinen Kopf herum und seine eigenen Augen leuchten, während der Junge in seinen Armen schreit und zappelt und darum kämpft, sich zu befreien.

Doch Jacob lässt nicht los.

Staubbedeckt komme ich auf sie zu, den Spiegel fest in der Hand. Die Knochenwände auf beiden Seiten des Tunnels drohen einzustürzen. Aber Thomas' Augen sind noch rot und die Fotos sind von dem Wirbelwind um ihn herum weggerissen worden.

Mich verlässt der Mut, denn ich habe alles versucht, und Thomas hat immer noch nicht den Weg zurück gefunden. Er hat sich immer noch nicht erinnert. Nicht genug.

Ich weiß nicht, was ich tun soll.

Aber letztendlich bin nicht ich diejenige, die etwas tut.

Jacob schließt die Arme fester um Thomas und sagt: »*C'est finit.*«

Ich erinnere mich daran, wie wir auf dem Boden im Hotelzimmer gesessen haben und Adele uns erzählt hat, was damals mit den beiden Brüdern passiert ist.

Also hat Richard gerufen: »Thomas, c'est finit« – *es ist vorbei –, aber er bekam keine Antwort, nur das Echo seiner eigenen Stimme kam aus dem Tunnel zurück.*

Das rote Licht in Thomas' Augen flackert.

Der Tunnel bebt so heftig, dass ich mich kaum noch auf den Beinen halten kann. Um uns herum fallen die Knochen, so brüchig wie Glas.

»*Non*«, flüstert Thomas, doch jetzt klingt er nicht mehr wütend, nur noch traurig und verloren.

»*C'est finit,* Thomas«, wiederholt Jacob. Ich könnte schwören, dass ich Tränen durch den Staub auf seinem Gesicht laufen sehe.

»*C'est finit*«, flüstert Thomas zurück und das rote Licht flackert und erstirbt.

Endlich hört Thomas auf, sich zu wehren.

Der Tunnel bebt nicht mehr.

Es wird still im Reich der Toten.

Thomas sieht mit großen braunen Augen zu mir auf, als ich auf ihn zukomme. Jacob beugt seinen Kopf zu dem Jungen hinunter und hält die Augen fest geschlossen, als ich den Spiegel hebe.

»Sieh und höre«, sage ich sanft.

Seine Konturen beben in Jacobs Armen.

»Schau hin und erkenne.«

Er sieht in den Spiegel und Tränen laufen über seine Wangen.

»Das ist, was du bist.«

Thomas verwandelt sich von Fleisch und Blut in Spinnweben und Rauch, und ich greife in seine Brust nach dem Lebensfaden, der dünnen Spule eines Lebens, das nicht so kurz hätte sein dürfen. Er löst sich auf, zerbröselt in meiner Hand und mit ihm auch Thomas Alain Laurent.

Hier … und fort.

Poltergeist, Geist und dann nichts mehr.

Jacob lässt die Arme sinken. Dann sackt er gegen die Wand hinter sich, und zum ersten Mal scheint es ihm nichts auszumachen, dass die aus Schädeln besteht.

»Jacob?«, frage ich, beunruhigt durch sein Schweigen.

Er reibt sich die Augen und schluckt. Dann reißt er sich die geborgte Mütze vom Kopf und wirft sie weg. »Igitt«, macht er und zieht sich die Jacke aus. »Das ist so eklig!«

Ich lehne mich neben ihm an die Wand und eine Weile sitzen wir einfach nur hier im Dunkeln zwischen den Knochen. Mein Kopf tut weh und in meiner Kehle schmecke ich Staub. Wir wissen, dass es Zeit ist, zu gehen, aber etwas hält uns noch hier.

»Wir haben es geschafft«, sagt Jacob.

»Geschafft«, wiederhole ich und lehne den Kopf an seine Schulter.

Doch dann beginnt es in den Katakomben plötzlich zu flüstern.

Jacob und ich sehen uns an.

Thomas ist zwar weg, aber wir sind auf keinen Fall allein.

»Lass uns hier verschwinden«, sage ich und greife nach dem Schleier.

Einen Moment lang weigert er sich nachzugeben, doch dann hilft mir Jacob und gemeinsam schlüpfen wir hindurch. Ein Kälteschock trifft meine Lunge, dann ist die Welt plötzlich wieder in hellem Licht. Gleich darauf erscheint Jacob neben mir, durchsichtig wie immer. Ich sehe mich besorgt um, weil ich fürchte, dass wir uns zu weit von unserem Ausgangsort entfernt haben. Doch dann höre ich die Stimmen meiner Eltern, laut und wunderbar nah. Ich komme um die Ecke, als sie sich gerade nach mir umdrehen.

»Da bist du ja«, ruft Dad. »Ich habe dir doch gesagt, du sollst nicht weggehen!«

»Sorry«, sage ich und laufe zu ihnen. »Ich habe nur versucht, nicht ins Bild zu laufen.«

Mum legt mir einen Arm um die Schultern und sieht zurück in die Katakomben.

»Hoffentlich sind wir jetzt damit fertig«, sagt sie.

Sie spricht mir aus der Seele.

Schweigend steigen wir die Treppen hinauf, aber erst als wir oben sind, bemerkt Mum den Zustand meiner Klamotten.

»Cassidy Blake«, schimpft sie. »Wie um alles in der Welt hast du dich so dreckig gemacht?«

Kapitel 27

Im Hotel Valeur dusche ich ausgiebig und sehr, sehr heiß, um den Staub der Katakomben abzuwaschen. Nach dem Abtrocknen ziehe ich meinen rotgelben Pyjama an, denn ich bin der Meinung, mir heute Abend meine Gryffindor-Farben verdient zu haben.

Mum und Dad sitzen auf dem Sofa und trinken Rotwein, während sie sich das neue Filmmaterial ansehen. Annette hat ihnen nur die digitale Version gegeben und gemeint, es wäre wohl besser, wenn sie und Anton auf den Rest aufpassen.

Auf dem Bildschirm sehe ich meine Eltern vor einer Knochenwand stehen und das Licht wirft lange Schatten auf die Struktur.

»Sieht gut aus«, sage ich im Vorbeigehen.

»Na ja«, meint Dad, »so hatten wir uns unseren letzten Abend in Paris eigentlich nicht vorgestellt.«

»Sieh es mal positiv«, bemerkt Mum, »diese

Aufnahme ist sogar noch besser geworden als die erste.«

»Ich bin froh, dass es geklappt hat«, sage ich erleichtert.

»Willst du es dir mitansehen?«, lädt mich Mum ein und klopft neben sich aufs Sofa, wo Grim mit einem Ohr zuckt.

»Nein danke«, lehne ich kopfschüttelnd ab.

Ich habe eindeutig genug vom Reich der Toten.

In meinem Zimmer sitzt Jacob auf dem Sims des offenen Fensters und sieht mich über die Schulter hinweg an.

»Ich wünschte, ich könnte auch duschen«, meint er und reibt über einen Schmutzfleck an seinem Arm. »Ich stinke nach Graberde und alten Knochen.«

Ich gehe zu ihm und schnüffle. »Für mich riechst du nach gar nichts.«

»Na, offenbar sind meine spektralen Sinne schärfer als deine.« Er fährt sich mit der Hand durchs Haar. »Wo wir gerade von Gerüchen sprechen: Jetzt, wo Thomas weg ist, können wir bitte diese Salz-und-Salbei-Sachen loswerden? Davon kriege ich echt Kopfschmerzen.«

»Klar doch.« Ich durchsuche das Hotelzimmer und finde die Säckchen, die ich in Mums und Dads Taschen, auf ihren Fensterbrettern, unter dem Sofa und im Pflanzenkübel an der Tür versteckt habe.

»Was machst du denn da, Cass?«, will Mum wissen,

als ich die Schachtel mit den schützenden Säckchen in den Flur stelle.

»Ich packe nur«, antworte ich und gehe zurück in mein Zimmer.

»Besser?«, erkundige ich mich.

Jacob seufzt erleichtert. »Viel besser«, erwidert er, kommt aber noch nicht vom Fenstersims herunter. Irgendetwas beschäftigt ihn offensichtlich. Ich würde gern fragen, was, lasse es aber. Ich muss ihm vertrauen und mich darauf verlassen, dass er es mir sagen wird, wenn er dazu bereit ist.

Also lasse ich mich aufs Bett fallen und quieke auf, als mich etwas in die Seite piekt.

Mein Telefon.

Ich habe vergessen, es wieder einzuschalten, und als ich es nun tue, taucht eine Nachricht von Lara Chowdhury nach der anderen auf dem Bildschirm auf.

Lara: Wie ist es gelaufen?
Lara: Cassidy?
Lara: Wenn du stirbst, jage ich deinen Geist!
Lara: Hallo?
Lara: Es geht dir hoffentlich gut!

Ich schreibe ihr, dass alles in Ordnung ist, dass Thomas Laurent offiziell weitergeschickt wurde (wobei ich besonders betone, dass ich das ohne Jacobs Hilfe nicht geschafft hätte) und dass ich ihr morgen alles erklären werde. Heute will ich nur noch schlafen.

Ich lasse mich in die Kissen sinken, schließe die Augen und bin schon eingeschlafen.

Mitten in der Nacht wache ich auf.

Dieses Mal ist es kein Albtraum, nur das Gefühl, nicht allein zu sein. Ich drehe mich im Bett um und sehe Jacob immer noch am offenen Fenster sitzen, den Kopf zurückgelehnt. Er hat diesen abwesenden Ausdruck im Gesicht, als ob er an der Stadt vorbei auf etwas blickt, das ich nicht sehen kann. Vielleicht schlafe ich noch und das hier *ist* ein Traum, denn er scheint mich nicht zu hören, als ich seinen Namen denke. Ich schließe die Augen und als ich sie das nächste Mal öffne, ist es schon Morgen.

Die Sonne scheint hell durchs Fenster, während wir unsere Sachen packen und das Gepäck samt Grims Katzenkorb an der Rezeption abstellen – sehr zum Missvergnügen der Empfangsdame.

Es ist unser letzter Morgen und ich habe noch etwas zu erledigen.

»Kannst du sie nicht einfach anrufen?«, fragt Dad, als ich ihm von meinem Plan erzähle.

»Ich habe noch ihre Fotos«, sage ich und schüttle den Kopf. »Und außerdem möchte ich mich verabschieden.«

Mum legt mir die Hand auf die Schulter. »Schon gut«, sagt sie. »Wir haben genug Zeit.«

Es ist ein sonniger Tag und die ganze Stadt erstrahlt im Licht, von den hellen Gebäuden bis zu den Metalldächern vor dem strahlend blauen Himmel. Paris scheint zur Normalität zurückzukehren. Die U-Bahn fährt wieder, die Ampeln funktionieren und keine Einsatzwagen rasen jaulend an uns vorbei.

Es ist, als wäre Thomas nie da gewesen.

Aber das war er.

Und auch wenn die Stadt bereits weitermacht wie zuvor, werde ich ihn so schnell nicht vergessen.

Am Haus der Laurents angekommen, bitte ich Mum und Dad, draußen zu warten, und laufe die Treppe zu 3A hoch, immer zwei Stufen auf einmal nehmend. Madame Laurent macht die Tür auf, und als sie mich davorstehen sieht, wird sie sofort misstrauisch.

»Du schon wieder?«, fragt sie und hält die offene Tür fest, aber in diesem Moment taucht Adele neben ihr auf.

»*Maman!* Das ist eine Freundin!«

Sie wechseln schnell ein paar Worte auf Französisch. Dann seufzt Sylvaine, geht nach drinnen und lässt Adele und mich (und Jacob) an der Tür allein. Adele trägt die goldenen Sneaker und die Jeans von gestern, dazu ein rot-gelbes Sweatshirt mit dem Abzeichen ihres Hogwarts-Hauses auf der Brust.

Natürlich. Sie ist ein Gryffindor.

»Komm«, lädt sie mich fröhlich ein. »Gehen wir in mein Zimmer.«

Sie führt mich durch den Flur in ein helles, kleines Zimmer.

»Hat es funktioniert?«, fragt sie, sobald die Tür geschlossen ist. »Wie war es denn?«

Ich sehe Jacob an, der meinem Blick diesmal jedoch ausweicht.

»Es war heftig«, antworte ich. »Aber am Ende sind wir zu ihm durchgedrungen. Thomas hat sich daran erinnert, wer er war, und ich konnte ihn weiterschicken.«

Adele nickt nachdenklich. »Was glaubst du, wo er hin ist?«

»Das ist wirklich die große Frage«, antworte ich. »Ehrlich gesagt, weiß ich es nicht. Irgendwohin, wohin wir ihm nicht folgen können. Aber wichtig ist, dass er nicht mehr gefangen ist. Und er ist nicht verloren. Er ist frei.«

Adele lächelt. »Gut«, sagt sie. »Danke, Cassidy.«

»Ohne deine Hilfe hätte ich es nicht geschafft.« Ich sehe Jacob an. *Und ohne dich auch nicht.*

Jacob bringt ein trauriges Lächeln zustande, sagt aber nichts. Er benimmt sich immer noch komisch.

Adele zieht einen Lolli aus einem Glas auf ihrer Kommode und bietet ihn mir an. Ich packe die leuchtend gelbe Süßigkeit aus. Zitrone.

»Zitrone habe ich nie gemocht«, erklärt Jacob, obwohl ich weiß, dass er nur schmollt, weil er keinen Zucker essen kann.

»Mehr für mich«, sage ich abwesend.

Adele reißt die Augen auf und sieht sich um. »Hast du mit Jacob gesprochen? Ist er hier bei uns?«

Jacob klopft als Antwort mit den Knöcheln gegen die Fensterscheibe. Sie zittert leicht, als wäre ein kleines Steinchen gegen das Glas geflogen.

Adele fährt herum, und ich sehe halb amüsiert, halb besorgt, wie Jacob die Scheibe anhaucht und mit dem Finger ein Smiley auf die benebelte Stelle zeichnet.

»Cool!«, sagt Adele strahlend.

»Na ja, jedenfalls«, sage ich und ziehe die Fotos aus meiner Kameratasche, »wollte ich dir die hier zurückgeben. Tut mir leid, dass sie ein wenig schmutzig geworden sind.«

Das ist eine ziemliche Untertreibung.

Auf einem ist ein staubiger Fußabdruck, ein anderes Bild ist fast entzweigerissen.

Adele nimmt die Fotos und presst sie an die Brust.

»Danke«, sagt sie und holt das Säckchen mit Salz und Salbei aus der Tasche. »Das sollte ich dir wiedergeben.«

»Behalte es«, erwidere ich.

»Ja«, schnieft Jacob, »bitte.«

Lächelnd steckt Adele das Säckchen wieder ein.

»Ich schätze, dann ist es wohl Zeit, sich zu verabschieden.«

»Nein«, widerspricht Adele. *»A bientôt.«*

»Und was heißt das?«

»Bis bald.«

Sie lächelt, und ich habe das merkwürdige Gefühl, dass sie recht hat.

Mum und Dad sitzen auf der anderen Straßenseite in einem Café, trinken Kaffee und essen Croissants. Jacob läuft einen Schritt hinter mir her. Er ist schon den ganzen Morgen sehr schweigsam.

Genau genommen hat er schon seit unserer Rückkehr aus den Katakomben nicht viel gesagt. Oder sogar noch früher. Er weiß, dass ich mich frage, warum, aber er gibt mir keine Antwort, und ich zwinge mich, ihn nicht zu fragen. Er wird darüber reden, wenn er so weit ist. Hoffe ich.

Ich lasse mich Mum und Dad gegenüber auf einen Stuhl fallen und will das letzte Stück Croissant von Mums Teller stibitzen. Doch sie schnappt es sich vor mir und steckt es sich mit verschmitztem Grinsen in den Mund. Dann gibt sie mir eine Papiertüte mit einem ganzen Pain au Chocolat darin.

Ich strahle. »Danke!«, sage ich mit vollem Mund.

Dad sieht auf die Uhr an seinem Telefon. »Wir müssen noch an einen letzten Ort«, erklärt er.

»Aber das Filmteam ist weg. Ich dachte, wir wären fertig.«

»Es geht nicht um die Show«, erwidert Mum.

»Heute keine Inspecters. Heute können wir eine ganz normale Familie sein.«

Endlich breitet sich ein Grinsen auf Jacobs Gesicht aus und er flüstert: »*Para*normal.«

Kapitel 28

Man kann Paris nicht besuchen, ohne den Louvre gesehen zu haben«, erklärt Mum, als wir über den Palasthof gehen. »Das geht einfach nicht.«

Genau dahin sind wir unterwegs: In den Louvre, das große Museum mit der Glaspyramide am Ende der Tuilerien.

Es ist riesig. Ganze Gebäudeflügel sind verschiedenen Ländern oder Epochen gewidmet. Es gibt Statuen und Gemälde, Gobelins und Fliesen, Skulpturen und antike Kunst. Fragmente der Vergangenheit. Es würde Wochen, vielleicht Jahre dauern, sich alles anzusehen, und da wir nur ein paar Stunden haben, gehen wir mit den anderen Touristen von einem Ausstellungsstück zum nächsten. In einem Raum hat sich eine große Menschenmenge vor einem winzigen Gemälde versammelt, und als wir endlich nah genug rankommen, sehe ich, dass es die *Mona Lisa* ist. Ich hätte gedacht, sie wäre größer.

Jacob geht neben mir her. Er sieht sich die Kunst gar nicht an, sondern starrt durch sie hindurch ins Leere. Zum hundertsten Mal wünsche ich mir, ich könnte seine Gedanken lesen so wie er meine.

Als wir nach unten gehen, kann ich das Tipp-tipp-tipp der Geister spüren. Um mich herum wabert der Schleier, aber erst im ägyptischen Flügel erfahre ich, warum.

»Siehst du diese Kratzer hier?«, fragt Mum und deutet auf die Innenseite eines Sarkophags. »Die stammen von Fingernägeln.« Sie wackelt mit den Fingern. »Das heißt, da wurde jemand begraben, bevor er tot war.«

»Oh nein«, sagt Jacob und ich muss ihm zustimmen. Zum Glück ziehen wir schon weiter in einen Saal voller Marmorstatuen.

»Es ist wichtig, die Vergangenheit zu bewahren«, sagt Dad nachdenklich, während wir zwischen den Ausstellungsstücken herumlaufen. »Es ist wichtig, sie zu kennen, zu erforschen und zu verstehen. Wenn wir die Vergangenheit verstehen, können wir die Gegenwart besser meistern und die Zukunft entdecken.«

Und außerdem hilft es uns, weiterzuziehen, wenn wir die Vergangenheit kennen, denke ich. *Es hilft uns, loszulassen.*

Jacob wird langsamer und ist erst einen, dann zwei Schritte hinter uns. Bis ich über die Schulter zurückschaue und sehe, dass er weg ist. Meine Eltern bleiben

Arm in Arm vor einer Statue stehen. Ich verspreche ihnen, gleich wiederzukommen, und gehe zurück. Ausnahmsweise lassen sie mich kommentarlos gehen.

Ich finde Jacob auf einer Bank an der gegenüberliegenden Wand des Raumes. Er starrt auf einen Stein in einer Vitrine, der so verwittert ist, dass man kaum mehr erkennen kann, was einmal darauf eingemeißelt war.

»Hey«, sage ich und stelle mich neben ihn.

»Hey«, gibt er zurück und starrt geradeaus.

Einen langen Augenblick schweigt er, dann stößt er bebend den Atem aus.

»Cass«, sagt er langsam. »Ich bin bereit, es dir zu erzählen.«

»Mir was zu erzählen?«

»Was mir passiert ist.«

Ich erstarre. Das wollte ich schon immer wissen, aber ich habe die Tatsache akzeptiert, dass Jacob nicht darüber sprechen wollte. Ich konnte es ihm auch nicht verdenken, denn wer will schon darüber nachdenken, wie er gestorben ist und was er verloren hat?

»Bist du sicher?«

Kaum hörbar antwortet er: »Ja.«

Er sieht auf seine Hände hinunter, und wir sehen es beide – wie seine Finger auf seiner Jeans liegen. Er ist nicht mehr so transparent wie früher.

»Jacob«, sage ich, »wenn du noch nicht so weit bist, musst du nicht …«

Aber er unterbricht mich: »Ich erinnere mich daran. Aber ich weiß auch, dass der einzige Unterschied zwischen Thomas und mir die Tatsache ist, dass ich es *noch* nicht vergessen habe.«

»Aber das ist nicht der einzige Unterschied«, erinnere ich ihn. »Du hast auch mich.«

»Genau«, sagt Jacob. »Deshalb erzähle ich es dir. Denn wenn ich je anfange, es zu vergessen, dann kannst du mir helfen, mich daran zu erinnern.«

Unsicher stoße ich den Atem aus. »Na gut, ich höre zu.«

Er fährt sich mit den Händen durchs Haar und verschränkt sie dann hinter dem Kopf. Es ist eine Geste, die ich schon hundertmal an ihm gesehen hab, aber noch nie hat sein Gesicht dabei so ausgesehen wie jetzt. Ernst und traurig.

Ich muss unwillkürlich an den Jungen denken, den ich in den Spiegelscherben gesehen habe, diese andere Version von Jacob, verloren, grau und schwebend. Aber dieser Jacob ist anders. Er ist hier direkt neben mir, hat die Augen geschlossen, die Stirn gerunzelt und sein ganzer Körper scheint sich gegen die Wahrheit zu sperren, obwohl er sie gerade ausspricht.

»Ellis Hale.«

»Wer ist das?«, frage ich.

»Ich.« Er macht die Augen auf. »Ich meine, das ist mein Name, mein vollständiger Name. Jacob Ellis Hale.«

Jacob Ellis Hale.

Es ist merkwürdig, aber diese beiden zusätzlichen Namen lassen ihn … real erscheinen. Was verrückt ist, denn für mich war Jacob schon immer real. Aber ich habe ihn auch immer nur so gekannt, wie er jetzt ist, mit seinen blonden Strubbelhaaren, seinem Superheldenshirt und der Jeans, konstant, unverändert …

»Tot«, beendet er für mich.

Ich höre ihn dieses Wort zum ersten Mal aussprechen, und er verzieht dabei das Gesicht, als würde es schlecht schmecken.

»Ich wurde in Strathclyde geboren – das ist nördlich von New York –, aber als ich acht war, sind wir nach Landing gezogen.«

Landing, das ist die Nachbarstadt auf der anderen Seite des Flusses, an dem ich wohne.

»998 Tage. So lange ist es her, dass es passiert ist …, wenn man mitzählt. Was ich tue.«

Ich muss ihm nicht erst sagen, dass auch ich mitzähle, jeden Tag, seitdem ich (beinahe) ertrunken bin. Bei mir ist es Tag 452 Ich mache das nicht einmal bewusst, ich wache nur jeden Tag auf und weiß es einfach.

Was Jacob angeht, rechne ich jetzt nach – oder versuche es zumindest, denn in Mathe war ich noch nie sehr gut – und rechne immer noch, als er sagt: »Fast drei Jahre.«

Fast drei Jahre.

Das bedeutet, wenn er noch leben würde, wäre er fast fünfzehn. Ich wusste, dass er älter ist als ich, das musste ja so sein. Schließlich sind wir jetzt etwa gleichaltrig, aber er ist ja gestorben, bevor ich fast ertrunken bin.

»Was das angeht, ich fühle mich nicht älter«, sagt er. »Vielleicht liegt das an dieser Geistersache.«

»Vielleicht reifen Jungs auch nur langsamer«, necke ich ihn.

Er lächelt schwach.

»Sorry«, sage ich. »Erzähl weiter.«

Er atmet langsam und tief durch. »Auf jeden Fall sind meine Brüder und ich …«

Brüder. Familie. Ich denke an Thomas und Richard und an die seltsame Last, die Jacob zu quälen scheint, seit er die Wahrheit über Thomas' Geschichte gehört hat.

»Du hast Brüder?«

»Ja.« Seine Augen beginnen erneut zu leuchten und sein Lächeln ist traurig und glücklich zugleich. »Zwei. Matthew, er war sechzehn, aber jetzt ist er wohl älter. Wahrscheinlich ist er schon am College. Und Kit. Kit, na ja, er hat mich wahnsinnig gemacht. Er war erst sieben, als …«

Jacob stößt langsam den Atem aus und holt dann tief Luft, als habe er vor, sich in tiefes Wasser zu stürzen.

»Kit hatte eine Actionfigur, die er sehr geliebt hat. Skull von *Skull and Bones*. Ich habe sie ihm zu seinem siebten Geburtstag geschenkt und er hat sie überallhin mitgeschleppt. In die Schule, ins Bett, selbst unter die Dusche.« Er lacht leise. »Wir sind also an den Fluss gegangen und da hatte Kit die Figur natürlich auch dabei. Ich habe ihn gebeten, sie nicht mit ins Wasser zu nehmen. Ich habe ihm gesagt, er würde sie da nur verlieren. Aber kleine Brüder …« Er schüttelt den Kopf. »Die hören nicht immer auf einen. Bei der ersten richtigen Welle hat Kit das dumme Spielzeug natürlich verloren.

Ich bin geschwommen, als es passiert ist. Als ich zum Luftholen aufgetaucht bin, habe ich ihn am Ufer sitzen und heulen sehen, also bin ich raus, weil ich dachte, er hätte sich verletzt oder so. Er hat sich fürchterlich aufgeregt und einen Riesenaufstand gemacht. Also tat ich, was getan werden musste. Ich bin danach getaucht.«

Ich schließe die Augen, während Jacob erzählt. Es ist komisch, aber ich schwöre, ich kann es sehen – den Fluss, der im Sommer so schnell fließt. Jacobs kleinen Bruder, der mit angezogenen Knien am Ufer sitzt. Ich weiß nicht, ob es nur meine Fantasie ist oder ob es daran liegt, dass wir verbunden sind, aber wenn es Letzteres ist, dann ist es das erste Mal, dass unsere geistige Verbindung in beide Richtungen funktioniert.

Das erste Mal, dass ich in Jacobs Kopf sehen kann.

Das erste Mal, dass er mich lässt.

»Die Actionfigur war schwer«, erklärt er. »Sie hatte diese Gewichte, damit sie in einer Badewanne unter Wasser laufen konnte und solche Sachen. Ich wusste also, dass sie irgendwo am Grund des Flusses sein musste. Erst beim dritten oder vierten Versuch habe ich sie entdeckt, aber als ich sie holen wollte, hatte sie sich irgendwie verklemmt. Ich habe ein paar Sekunden gebraucht, um sie loszumachen und hatte sie fast, als …« Er räuspert sich. »Ich weiß es nicht, Cass. Bis heute weiß ich es wirklich nicht. Die Strömung muss stärker geworden sein. Das kommt manchmal vor. Dann wirbelt sie Steine und Holzstämme auf und lässt sie über den Grund des Flusses schießen. Ich weiß nur, dass mich etwas getroffen hat, etwas Hartes, und dann … hat die Welt einfach aufgehört.« Er schluckt schwer. »Und das war's.«

Drei kleine Worte.

Der Unterschied zwischen Leben und Tod. In meinem Kopf dreht sich alles. Ich weiß nicht, was ich sagen soll, aber ich muss etwas sagen, und zwar etwas mehr als *Sorry*.

Ich kenne nur Jacob, den Geist. Und das bedeutet im Grunde, dass ich ihn erst kenne, seit er Teil *meiner* Geschichte ist. Ich habe nie darüber nachgedacht, dass er eine eigene Geschichte hat. Ein ganzes Leben, auch wenn es nur kurz war, bevor irgendwie diese

Verbindung zwischen uns entstanden ist und er mein bester Freund wurde.

Jetzt ist es, als würde er vor meinen Augen Gestalt annehmen und fester werden. Lebendig.

»Hast du je versucht, zu ihnen zurückzugehen?«, flüstere ich.

»Du willst wissen, ob ich meine Familie heimgesucht habe?« Jacob knirscht mit den Zähnen. »Nein. Ich … ich konnte es nicht. Zuerst nicht. Ich konnte den Fluss nicht verlassen.«

Natürlich. Es war sein Bereich hinter dem Schleier.

»Und dann, nachdem ich dich getroffen habe und dort wegkonnte … Ich habe … Ich schätze, ich hatte Angst davor, sie ohne mich zu sehen. Angst, dass es zu schmerzhaft sein könnte. Dass ich dort steckenbleiben könnte. Wie beim Spiegel Nerhebob.«

Ich verkneife mir das Lachen. »Nerhegeb.« Das ist der Spiegel aus Harry Potter, der jedem das zeigt, was er sich am meisten wünscht, aber Dumbledore warnt Harry, dass man davor auch zugrunde gehen kann.

Jacob bringt ein kleines Lächeln zustande. »Ja, so in etwa.« Er sieht an sich herunter. »Ich sollte echt mal diese Bücher lesen.«

»Solltest du.«

Danach schweigen wir beide.

Jacob ist fertig mit erzählen, und ich weiß nicht, was ich sagen soll. Ich bin traurig, dass ich seine Geschichte bis jetzt nicht kannte, und froh, dass ich sie jetzt kenne. Dass er sie mir anvertraut hat, seine Vergangenheit, seine Wahrheit, das, was ihn zu Jacob macht. Und egal, was geschieht, ich werde ihn niemals vergessen lassen, wer er ist. Und was er mir bedeutet.

Ich lehne mich an ihn, bis die Luft zwischen unseren Schultern flimmert, und als ich dieses Mal einen leichten Widerstand von seinem Körper spüre, erschreckt mich das nicht mehr.

Dein Name ist Jacob Ellis Hale, denke ich. *Du wurdest in Strathclyde, New York, geboren. Vor knapp drei Jahren bist du in einen Fluss getaucht und letztes Jahr hast du mich da rausgezogen.*

Du bist mein bester Freund.

Im Leben. Im Tod.

Und allem dazwischen.

Kapitel 29

Zurück im Hotel sitzt Pauline auf einem Plüschsessel neben unserem Gepäck und Grims Katzenkorb und wartet auf uns.

Als sie uns sieht, steht sie auf, elegant wie immer in einem weißen Outfit mit dunklen, hochhackigen Schuhen. Sie reicht mir ein kleines Päckchen. Die Fotos, die ihr Vater für mich entwickelt hat.

»Monsieur Deschamp lässt grüßen«, sagt sie. »Er meint, du hättest ein besonderes Auge und dass du gute Techniken angewandt haben musst, um diese Effekte zu erzielen.«

Ich drücke den Umschlag an meine Brust. Die Wahrheit ist, dass ich keine Ahnung habe, ob meine Kamera überhaupt noch funktioniert, ob die Magie in einem bestimmten Teil lag, zum Beispiel in der verlorenen Linse. Oder ob sie besonders ist, weil sie mir gehört.

Es gibt nur einen Weg, das herauszufinden.

Ich blättere durch die Fotos, während Mum und Dad aus dem Hotel auschecken.

Zu den normalen Fotos zählt eine Aufnahme von meinen Eltern an unserem ersten Abend in den Tuilerien, vor dem Jahrmarkt, dessen Lichter leicht flimmern, sodass es fast wie Feuer aussieht. Dann ein Bild der beiden in einer schmalen Straße vor einem Schaufenster voller Makronen. Das Team, das die Szene bei Père Lachaise vorbereitet, Mum auf einer Bank, wie sie gestikulierend über den Jardin du Luxembourg spricht. Die Oper mit dem funkelnden Kronleuchter. Ein Foto von Adele auf dem Weg zu Notre-Dame, sie grinst breit, wie immer mit ihrem Lolli im Mund. Und natürlich unser erster Ausflug in die Katakomben, die leere Galerie, die zu den Gräbern führt, und die vielen Tunnel voller Gebeine.

Ich bin stolz auf diese Bilder. Sie sind genau das, was Mum und Dad haben wollten, ein Blick hinter die Kulissen der Entstehung ihrer Sendung.

Aber die paranormalen Aufnahmen, die, die ich hinter dem Schleier gemacht habe, sind etwas anderes. Mehr. Ich hatte befürchtet, dass es mit der neuen Linse nicht funktionieren würde, aber die Magie meiner Kamera hängt offensichtlich nicht an ihren Einzelteilen.

Wenn überhaupt, sind die Bilder dank der neuen Linse klarer geworden.

Die Tuilerien, die Katakomben, der Friedhof Père

Lachaise – alle sind in geisterhaften Grautönen zu sehen, schwache Abbilder, unterbelichtet, aber sichtbar. Der Palast, weiß umrandet von der Hitze des Feuers. Die Tunnel, dunkel, abgesehen vom schwachen Leuchten einer Laterne und dem Grinsen eines Totenschädels.

Es gibt auch die Reihe von Bildern, die ich aus dem Fenster des Hotels gemacht habe, als Thomas unten auf der Straße aufgetaucht ist. Ich erinnere mich noch deutlich daran, wie er dort stand und mit seinen roten Augen zu mir hochsah. Auf dem Foto jedoch ist die Straße leer, und auf dem Gehweg ist nur der Geist eines Geistes eines Geistes zu sehen, der Schatten eines Schattens, so schwach, dass ihn außer mir niemand bemerken würde.

Und das Foto, das ich von Jacob gemacht habe, als er auf dem kaputten Engel in Père Lachaise saß. Die Statue ist schwarz-weiß und scharf wiedergegeben, aber über der einen Schulter ist absolut kein leerer Fleck. Dort ist so etwas wie Kerzenrauch zu sehen, wie das Nachbild, das man nach einem Blitz sieht, geisterhaft vor den Zweigen zwischen dem Grabstein und dem Himmel.

Es bildet die Form eines Jungen, der ein Knie angezogen hat und gerade den Kopf abwendet.

Keine Frage, auch Jacob wird klarer.

Er kommt auf mich zu, und ich stecke die Fotos wieder in den Umschlag, bevor er mich erreicht. Auch

Pauline kommt zu mir und küsst mich auf beide Wangen.

»Es war nett, dich kennenzulernen, Cassidy.«

»Nun, Pauline«, fragt Dad, »haben wir Sie denn bekehren können?«

Sie sieht mich an und lächelt leise. »Vielleicht«, antwortet sie. »Ich muss zugeben, es gibt mehr auf dieser Welt, als es den Anschein hat.«

Wir nehmen unsere Sachen, sagen dem Hotel Valeur (und der Empfangsdame, die besonders froh zu sein scheint, dass wir abreisen) auf Wiedersehen und gehen hinaus.

Auf dem Weg zur Metro muss ich unwillkürlich nach unten sehen und denke daran, wie viele Geschichten und wie viele Geheimnisse unter unseren Füßen begraben sind.

»Wenn ihr Paris mit einem Wort beschreiben müsstet, welches Wort wäre das?«, fragt Mum.

Dad überlegt einen Moment und sagt dann: »Überwältigend.«

»Bezaubernd«, hält Mum dagegen.

»Begeistert«, meint Jacob trocken.

Ich überlege kurz, finde aber schließlich das perfekte Wort. »Unvergesslich.«

Während wir auf den Zug zum Flughafen warten, wandert Jacob den Bahnsteig auf und ab. Ich sehe, wie er sich einen Spaß daraus macht, den Luftballon eines Kindes anzustupsen und seine Hand durch den Verstärker eines Musikers zu stecken, der an einer Säule lehnt und Gitarre spielt. Er kommt mir fröhlicher, geradezu erleichtert vor, seit er mir seine Geschichte erzählt hat. Mir ist ein wenig schwerer zumute, aber das ist in Ordnung. So funktioniert Freundschaft. Man lernt, seine Last zu teilen.

Ich stecke die Hand in die Taschen meiner Jeans und fühle plötzlich einen kantigen Gegenstand. Ich ziehe ihn heraus und erstarre. Es ist die Chipkarte, die ich aus der Filmkiste gestohlen habe, die, auf der KAT für Katakomben steht. Mit klopfendem Herzen sehe ich zu Mum und Dad, die sich ein paar Meter weiter unterhalten. Dann gehe ich zum nächsten Mülleimer und werfe die Karte hinein.

In diesem Moment sehe ich den Mann.

Er steht auf dem gegenüberliegenden Bahnsteig, jenseits der Gleise zwischen uns, und er fällt mir sofort auf, weil er merkwürdig still in der Menschenmenge steht.

Er sieht aus wie ein schmaler Schatten in einem schwarzen Anzug, mit weißen Handschuhen und einem schwarzen Hut mit einer Krempe, die sein Gesicht verbirgt.

Doch dann hebt er den Kopf, und ich sehe, dass es kein Gesicht ist, sondern eine Maske. Glatt und weiß wie Knochen. Ich schaudere, denn die Konturen sind die, die ich in den Katakomben tausendfach gesehen habe.

Es ist die Maske eines Totenschädels.

Irgendwo hinter den leeren Augenhöhlen müssen Augen sein, aber ich kann sie nicht sehen. Es ist, als würde er unter der ersten Maske eine zweite tragen, eine, die ganz schwarz ist und seine Züge verbirgt.

Meine Finger gleiten zur Kamera um meinem Hals. Ich kann den Blick nicht von ihm abwenden.

Er ist zwischen den Touristen mit ihren Koffern und Sommerkleidern so fehl am Platz, dass ich erst denke, er wäre ein Straßenkünstler, einer von denen, die ganz still stehen, bis man eine Münze in ihren Becher wirft. Aber wenn er etwas darstellen will, dann nimmt niemand Notiz davon. Die Menschen auf dem Bahnsteig gehen um ihn herum wie Wasser um einen Stein. Als würden sie ihn gar nicht wahrnehmen.

Aber ich schon.

»Jacob!«, flüstere ich, doch er ist zu weit weg.

Ich hebe die Kamera, um ein Bild zu machen, doch in diesem Moment sieht der Mann mich an. Er hebt einen Handschuh an die Maske und plötzlich kann ich mich nicht mehr bewegen. Meine Glieder sind wie erstarrt, meine Beine nur noch totes Gewicht, und als er die Maske vom Gesicht zieht, sehe ich nichts als Schwarz.

Meine Sicht verschwimmt und meine Lunge füllt sich mit kaltem Wasser.

Die Metro verschwindet, der Bahnsteig unter meinen Füßen ist plötzlich nicht mehr da und ich falle hinunter ins eisige Dunkel.

Alles ist weg.

Und dann ist es plötzlich wieder da. Die Welt ist voller Geräusche, besorgter Stimmen und Neonlichter. Ich liege keuchend auf dem Boden und habe das Gefühl, ich müsste Flusswasser ausspucken. Aber um mich ist nur Luft und der harte Boden des Bahnsteigs unter mir.

Auf einer Seite von mir kniet Jacob, auf der anderen mein Vater, der mir hilft, mich aufzusetzen. Mum wählt hektisch eine Nummer auf ihrem Handy, bleich vor Schreck. So voller Angst habe ich sie noch nie erlebt. Nicht ernsthaft. Auch andere Leute kommen näher und unterhalten sich leise auf Französisch. Ich werde plötzlich verlegen und spüre, wie ich rot anlaufe.

»Was ist denn passiert?«, frage ich.

»Du bist ohnmächtig geworden«, sagt Dad.

»Gefallen wie ein Stein«, fügt Jacob hinzu.

Als wäre mir der Boden unter den Füßen weggerissen worden.

Als wäre ich gefallen.

»Kein Empfang«, sagt Mum mit Tränen in den Augen.

»Ich glaube, es ist schon wieder gut«, stellt Dad fest und legt ihr die Hand auf den Arm. Dann wendet er sich mir wieder zu. »He, Kleines, alles in Ordnung?«

Ich stehe auf und Mum umarmt mich. In den nächsten Minuten muss ich meinen Eltern (und Jacob) immer wieder versichern, dass es mir gut geht, dass mir nur schwindelig geworden ist und dass ich eher verlegen als verletzt bin. Das zumindest ist wahr. Mein Knie schmerzt ein wenig vom Aufprall und ich habe ein komisches Gefühl in der Brust.

Dann fällt es mir wieder ein. Ich erstarre und sehe sofort zu der Stelle auf dem gegenüberliegenden Bahnsteig, wo der Schatten gestanden hat. Aber der Mann in dem schwarzen Anzug, dem breitkrempigen Hut und der Totenkopfmaske ist fort.

Ich schlucke, denn ich schmecke immer noch den Fluss in meinem Mund. Jacob folgt meinem Blick zum Bahnsteig und liest meine Gedanken, meine Fragen.

Hast du ihn gesehen?

Jacob schüttelt den Kopf. »Wer war er?«

Ich … ich bin mir nicht sicher.

Aber wer auch immer er war, er ist weg und mit ihm die Schwäche, das Schwindelgefühl. Und ja, das war seltsam. Aber es ist nicht das Seltsamste, was mir dieses Jahr passiert ist – oder diesen Monat – oder diese Woche.

Mum und Dad sehen mich immer noch kritisch an, bereit, mich aufzufangen, sollte ich wieder stürzen. Aber jetzt geht es mir gut. Wirklich. Ich nehme mir vor, später Lara von dem Zwischenfall zu berichten.

Als der Zug einfährt, kommt mir das Ganze schon vor wie ein Traum, weit weg, einfach nur albern und seltsam. Ich verdränge es weit in meinen Hinterkopf, als sich die Türen des Zuges öffnen und wir einsteigen. Die ganze Blake-Familie: zwei Eltern, ein geistersehendes Mädchen, ihr toter bester Freund und eine ziemlich unglückliche Katze.

Jacob setzt sich auf ein Gepäckstück, ich lehne mich gegen Mum, und Dad legt mir die Hand auf den Kopf, als sich die Türen des Zuges vor dem Bahnsteig schließen – und vor Paris.

Der Zug fährt in einen dunklen Tunnel, und ich rücke mir die Kamera auf der Schulter zurecht, neugierig darauf, was wohl als Nächstes geschieht.

Foto: © Jenna Maurice

Autorin

VICTORIA SCHWAB hat ihre Leidenschaft schon früh zum Beruf gemacht und ihre Romane stehen seitdem regelmäßig auf der New-York-Times-Bestsellerliste. Wenn sie nicht gerade durch die Straßen von Paris schlendert oder sich in einem Café in Edinburgh neue Monster ausdenkt, lebt sie in Nashville, Tennessee.

Foto: © privat

Übersetzerin

TANJA OHLSEN studierte klassische Archäologie und Anglistik in Heidelberg und Berlin. Neben ihrer Tätigkeit auf verschiedenen Ausgrabungen machte sie ihre staatliche Übersetzerprüfung im Fachgebiet Geisteswissenschaften und hat mittlerweile über 150 Titel aus dem Englischen, Norwegischen und Dänischen übersetzt. Wenn sie nicht gerade übersetzt, unternimmt sie mit Vorliebe lange Expeditionen mit dem Seekajak an der norwegischen Küste.

Mehr über cbj auf Instagram unter @cbjverlag

Victoria Schwab

City of Ghosts – Die Geister, die mich riefen

288 Seiten, ISBN 978-3-570-17653-5

Seit Cassidy Blake fast ertrunken wäre, kann sie Geister sehen und die Welt der Toten betreten. Sogar ihr bester Freund ist ein Geist! Und als ob das nicht schon merkwürdig genug wäre, werden ausgerechnet ihre Eltern die neuen Stars einer Geisterjäger-Fernsehshow. Der erste Drehort: Edinburgh. Die Friedhöfe, Burgen und Geheimgänge der alten Stadt wimmeln nur so vor Geistern – und nicht alle sind freundlich. An diesem unheimlichen Ort wird Cassidy langsam klar, wie viel sie noch über ihre Verbindung zum Reich der Toten zu lernen hat. Doch dafür bleibt ihr nicht viel Zeit, denn eine besonders dunkle Seele streckt schon die Krallen nach ihr aus …

10441

www.cbj-verlag.de

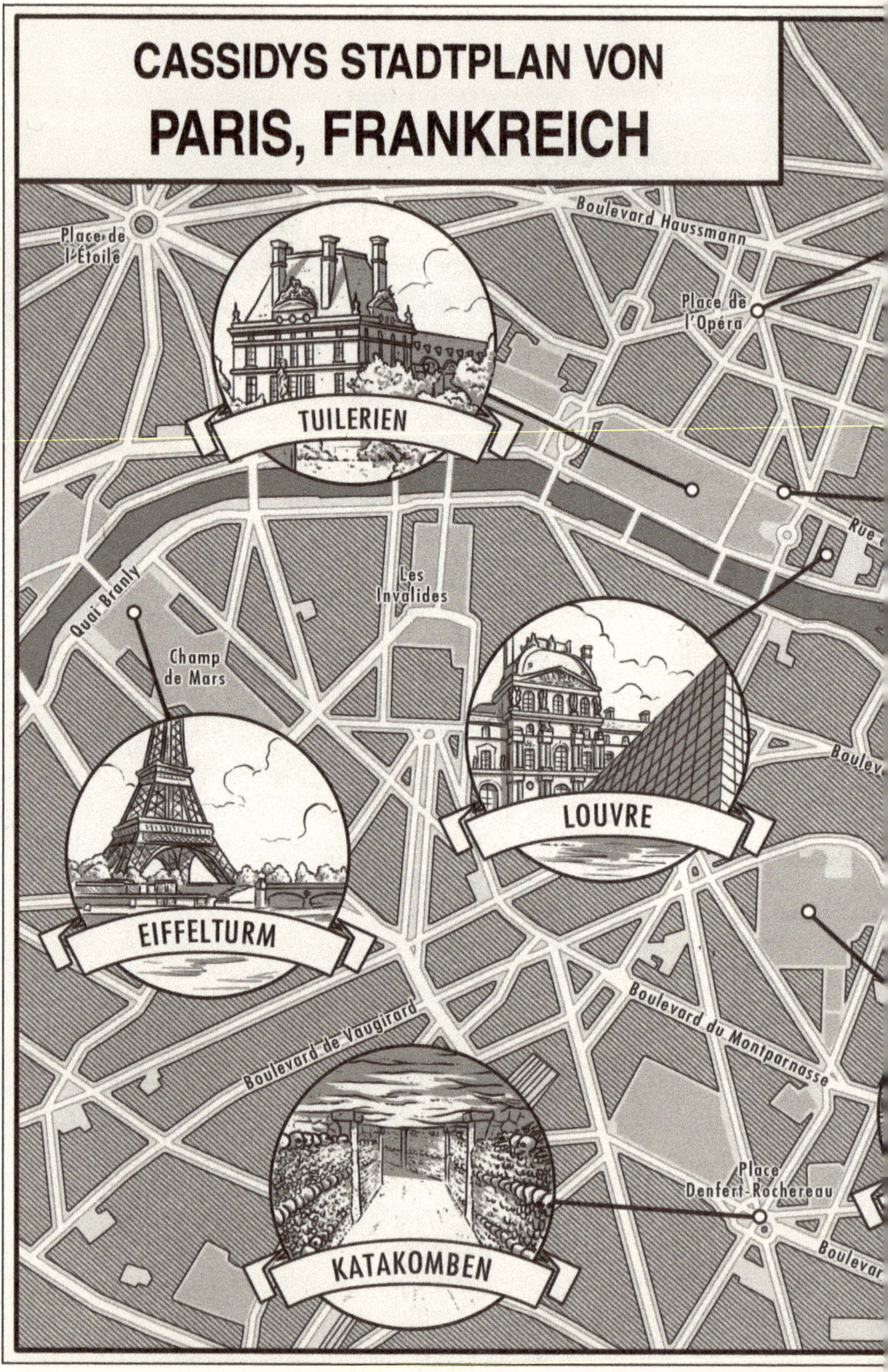
CASSIDYS STADTPLAN VON
PARIS, FRANKREICH
Place de l'Etoile
Boulevard Haussmann
Place de l'Opéra
TUILERIEN
Les Invalides
Quai Branly
Champ de Mars
LOUVRE
EIFFELTURM
Boulevard de Vaugirard
Boulevard du Montparnasse
Place Denfert-Rochereau
KATAKOMBEN